编者简介

杨逸明，1948年生于上海。曾为中华诗词学会第二届、第三届副会长，上海诗词学会第四届、第五届、第六届副会长。现为中国作家协会会员、中华诗词学会顾问、上海诗词学会顾问。已出版诗词选集有《飞瀑集》《新风集》《古韵新风》《路石集》《晚风集》等。

韩倚云，女，上世纪七十年代生，河北保定人，现居北京市海淀区。工学博士后、副教授，研究方向：航天宇航技术、智能机器人、工程可靠性、诗词与科学。北京诗词学会副会长。

刘鲁宁，1971年生，山东海阳人，现定居上海。中华诗词学会会员，上海诗词学会常务理事。2007年起，习学诗词，作品多为绝句。

诗词創作书坊

002

当代诗词百首点评

杨逸明 主编

韩倚云 刘鲁宁 副主编

中国书籍出版社
China Book Press

图书在版编目（CIP）数据

当代诗词百首点评 / 杨逸明主编. -- 北京 : 中国书籍出版社, 2019.12

ISBN 978-7-5068-7736-7

Ⅰ. ①当… Ⅱ. ①杨… Ⅲ. ①诗词研究—中国—当代 Ⅳ. ①I207.2

中国版本图书馆CIP数据核字（2019）第289445号

当代诗词百首点评

杨逸明　主编

丛书策划	师　之
责任编辑	王志刚
责任印制	孙马飞　马　芝
封面设计	东方美迪
出版发行	中国书籍出版社
地　　址	北京市丰台区三路居路 97 号（邮编：100073）
电　　话	(010) 52257143（总编室）　(010) 52257140（发行部）
电子邮箱	eo@chinabp.com.cn
经　　销	全国新华书店
印　　厂	三河市京兰印务有限公司
开　　本	787毫米 × 1092毫米　1/32
字　　数	200千字
印　　张	5.625
版　　次	2019 年 12 月第 1 版　2020 年 3 月第 1 次印刷
书　　号	ISBN 978-7-5068-7736-7
定　　价	39.00 元

当代诗词概述

——《当代诗词百首点评》代序

杨逸明

我小时候真正迷上中华诗词是因为读了《唐诗一百首》《宋诗一百首》《唐宋词一百首》《元明清诗一百首》，还有少儿出版社的《陆游》《辛弃疾》《李清照》等等。这几本小册子的感染力、震撼力和作用力，真的对我影响很大。

读古人诗词佳作，特别是一些耳熟能详的唐诗，例如“白日依山尽”“红豆生南国”“举头望明月”……好像并无难字生僻字古奥字，使人觉得识字不多就可写诗，因为这些佳作大多词语浅显，似乎有了小学生的语文水平就能创作诗词。

可是品味这些诗词作品的内涵，觉得思想深邃、感情丰富、识见高超，语言灵动。这些境界、思想、襟抱、情怀……即使是当代的大学生、大学教授，也未必都能修炼到这样的高度和深度。

怎样的文化程度才能创作诗词？当代诗词作者，有官员、商人、白领、演员、工人、农民，老干部，大中学校的学生和教授……大家都在写诗。

不是识五千字的人就一定比识四千字的人诗写得好，也不是识四千字的人就一定比识三千字的人诗写得好。背得出新华字典不能就算是诗人，背得出英汉大辞典的人不能就与莎士比亚画等号。

识字当然越多越好，但诗人能通过形象思维或者叫诗性思维把汉字搞到鲜活，不能把字搞活就只能做死学问。

诗人无非就是从字典里取出若干个字，找到一种新的排列方式，让人看了感到新鲜甚至惊奇，感动并且珍爱。如此而已。

一样的碳元素，改变一下分子的排列方式，就成了“同素异形体”：一成石墨，普通；一成钻石，名贵。

“不可随处小便”，同样几个字，换个形式排列，就成了“小处不可随便”，意境不是一个档次。

一样是《春晓》二十个字，排列方式换成：“落花眠不知，晓觉春多少。风雨夜闻声，来啼处处鸟。”虽然合平仄，也押韵，比起原诗来还不失粘，钻石却成了石墨。

从几千个汉字里找出二十个、二十八个、四十个、五十六个，排列组合一下，有的成了废话，有的却成了好诗。你说神奇不？

所以叶燮在《原诗》中说：“世固有成诵古人之诗数万首，涉略经史集亦不下数十万言，逮落笔则有俚俗庸腐，窒板拘牵，隘小肤冗种种诸习。”这样的人我们也见过,学问很渊博,但是所写之诗甚是板滞,毫无灵性。

当代创作诗词的人很多，中华诗词正走出低谷，从复苏走向复兴。好像什么人都能写诗词，诗词创作大军据说有一百万。

人人可以写诗，但不可能人人都成为真正的诗人。这就像是人人可以打乒乓球，但是不可能人人都是运动员；人人可以唱卡拉 OK，但不可能人人成为歌唱家。

孔子主张“小子何莫学乎诗”，认为“不学诗无以言”。但是孔子和他的弟子们没有写诗，他们只是一群很有诗性的人。只有成为有诗性的人，才会有诗人的襟怀，才会有对好诗的识别力和鉴赏力，才会成为合格的诗的读者。当代有很多诗的作者，还没有成为合格的诗的读者，当然也就不可能成为一个合格的诗的作者。

诗词讲究平仄，有人认为当代诗词讲平仄对于大多数读者毫无意义。格律对于一部分读者也许没有意义，因为这部分读者不懂平仄。但是对于诗词作者，不仅要懂，还必须熟练掌握。就像音乐家作曲，也许部分听众可以不十分懂音阶和节奏，但是作曲家不能不懂。岂止要懂，还要得心应手，运用自如。

诗词格律不是镣铐，我们分明看见许多年轻人遵守格律写诗词，就像按照舞蹈的节拍和旋律跳出了轻快的舞步。旧体诗词也并不束缚思想，我们分明在大家的诗词里读出了大胆活跃的思索和丰富深邃的思想。好诗也没有被唐代的诗人写完，当代诗人依然用旧体诗词这种古老的文学样式写出了当代人的思想情绪和生活场景。

人人拿了傻瓜相机拍照片，却不是人人都能成为摄影家，连摄影师也算不上。人人可以写诗词，但不是人人都能成为诗人。拿着相机到处乱拍照，当然拍出来的也是照片，但不一定都是摄影艺术作品。必须讲究用光、构图、抓拍时机、表现主题、创作风格等等，照片才不会流于平庸，写诗也是如此。专业照相机太复杂，不能普及摄影。于是有了“傻瓜相机”，满足了许多爱好摄影却不肯多动脑筋的人。简化了诗词格律，写诗的人多了，就像有了“傻瓜诗词”，写起来方便，精品却少了。所以相机最好是有点“傻瓜”，提供方便，又保留关键的几个专业性能，不至于过多降低拍摄水平。当然也有用专业相机拍出蹩脚照片来的。至于有人爱用专业相机，有人爱用傻瓜相机，各人自由，只要能拍出成功的摄影作品就好。写格律诗词似乎也是如此。

我们看唐诗，像是在欣赏美人，很养眼。有些人学了平仄平水韵四声八病，竟像是学会了用 B 超，看人全是黑白影像，只管数据正常不正常。在专家教授眼里，更是像做核磁共振检查，诗的美感一点也没有了。我们看林黛玉是弱不禁风的美女，在他们眼里，只看见检查报告，左右肺有感染和积水。

严羽说：“学诗有三节：其初不识好恶，连篇累牍，肆笔而成；既识羞愧，始生畏缩，成之极难；及其透彻，则七纵八横，信手拈来，头头是道矣。”

目前诗词作者印成的诗集铺天盖地，似乎大多是处于第一阶段。第三阶段的“信手拈来”与第一阶段的“肆笔而成”似乎极为相像，但是如果不经过“羞愧”“畏缩”“透彻”，绝对上升不到“头头是道”。真想“七纵八横“，谈何容易！

诗词的高境界是“意深词浅”，也叫“深入浅出”。这个“浅”，不是浅俗到俗而不雅，不是浅白到毫无意蕴，也不是浅淡到淡而无味。这浅乃是千锤百炼，化繁为简，出于自然，毫不留雕琢之痕，让人回味无穷。

袁枚《随园诗话》云：“‘诗用意要精深，下语要平淡。’……求其精深，是一半工夫；求其平淡，又是一半工夫。非精深不能超超独先，非平淡不能人人领解。”

当然“意深词深”也可，但是读者一般不喜欢“意浅词浅”，更不喜欢“意浅词深”。美人必然“淡妆浓抹总相宜”。穿着绫罗绸缎披金挂银当然美，但是穿戴朴素素颜淡妆也还是美人，或许更惹人怜爱。如果是个塑料模特，那浓妆还有什么意义？许多思想平庸感情贫乏却堆砌大量华丽辞藻和生僻典故的诗词，就像采用了过度包装的劣质商品，惹人生厌。即使这些包装“严守平水韵”又有什么意义？“意浅词深”的诗词，让读者折腾了老半天，以为包装盒里面是一支野山参，结果却是一支干瘪的胡萝卜。

遣词造句应该“雅不避俗，俗不伤雅”。语言随时代而变。最能广泛和长久流传的语言，最有生命力的语言，是“口语化的书面语”，是“带书卷气的口语”，例如唐诗。太口语化，就太熟，而且口语未必“长寿”，例如元曲。太书面语，就太生，反而不易流传，例如汉赋。

语言要有自己的个性和特色，写出一种“熟悉的陌生感”来。红楼梦宝黛初会，黛玉一见宝玉，便大吃一惊，觉得好生奇怪，倒像是哪里见过，何等眼熟。宝玉说出初见黛玉的印象是：“虽没见过，却看着面善，恍若是远别重逢一般。”好诗也是如此，既有似曾相识之感，又朦朦胧胧想不起在何处见过。又熟悉又陌生：熟悉，是因为人人心中所有；陌生，是因为人人笔下所无。熟悉，才会有亲切感；陌生，才会有新鲜感。非如此不会动心。

流传至今的一些唐诗名篇，大多读来通俗易懂，语言新鲜得就像是昨天才写的，不像当代有些人的旧体诗词，倒反而像是几百年前写的。白居易的诗语平易，传说“老妪解，则录之；不解，则易之。”这个“老妪”，不会是文盲，她不写诗，但是一定有些文学鉴赏能力。

当代诗词创作要不要体现当代？目前好像还存在不同的看法。

严羽说：“诗之是非不必争，试以己诗置之古人诗中，与识者观之而不能辨，则真古人矣。”这是一种标准。当代也有这样的评论，说是写旧体诗就是要放在唐诗宋词中可以乱真。我们觉得如果当代作品放在唐诗宋词中可以混为一体，那也只能放在三四流的唐诗宋词一起，如果放在一流的唐诗宋词中我们一定一眼就能看出来。当代诗词的立意和情感全是古人的，那就是假古董，是唐诗宋词的山寨版。

袁枚认为作诗“以出新意，去陈言为第一着。”胡适认为：“所谓务去烂调套语者，别无他法，惟在人人以其耳目所亲见亲闻所亲身阅历之事物，一一自己铸词以形容描写之；但求其不失真，但求能达其状物写意之目的，即是工夫。其用烂调套语者，皆懒惰不肯自己铸词状物也。”这又是一种标准。写诗的目的不是混在唐诗宋词中去乱真。当代优秀诗词放在唐诗宋词里应该依然能够闪耀着当代思想的光辉。写诗只求酷似唐诗宋词，就没有了诗词创作的当下发展。

诗词创作中，继承是过程，创新是目的。不肯继承是偷懒，是无知；不肯创新是更大的偷懒和无知。懒人不肯继承，庸人不肯创新。写诗要体现当代性。要写出与李白杜甫一样的诗你就先要生活在唐代，即使你真能活到唐代哪里就那么容易写出经典的唐诗。

唐诗登唐代巅峰，宋词登宋代巅峰，当代诗词登当代巅峰。都要反映当下。生活在当代，连当代的好诗也写不出，不可能反而写得出优秀的唐诗宋词来。

当代诗词创作，不能复制古人。叶燮说："诗，末技耳，必言前人所未言，发前人所未发，而后为我之诗。若徒以效颦效步为能事，曰：'此法也。'不但诗亡，而法亦且亡矣。"明代诗"言必盛唐"，结果很少读者，人们读明诗，还不如直接读唐诗，这是明诗创作失败的重要原因。

当代诗词创作有没有读者，这是个值得关注的问题。

高适、王昌龄、王之涣在旗亭听歌女唱他们的诗，白居易在旅途中听僧侣歌女村民吟他的诗，白居易说：

“自长安抵江西，三四千里，凡乡校、佛寺、逆旅、行舟之中往往有题仆诗者，士庶、僧徒、孀妇、处女之口每每有咏仆诗者。”柳永的词只要在有井水处就可听到传唱，可见那时读者多于作者。

当代却是作者大大多于读者，基本上读者就是作者，而有些作者还不愿当读者。这是个厨师多于食客的时代。没有读者的诗人，写了诗没有用，就像没有食客的厨师，开不了饭店。

诗词圈子里的作者都会写诗，深谙平仄押韵拗救之道，所以一看到别人的诗作就先检查有无出律出韵，倒不如圈子外的不写诗的老妪，读诗词先凭直觉看意思、语言、意境，有时欣赏水平倒反而在大多数诗词作者之上。

有人不无轻蔑地对我们说李白的《静夜思》这么简单的几句不合平仄的话怎么能算是诗！我说，你阖府团聚，在自己舒适的家中好吃好喝，当然不用读这样的诗。如果将来你离乡背井，独自在异国他乡见到月亮，第一句涌上你心头的诗一定会是：“举头望明月，低头思故乡。”那些刻意雕琢到复杂累赘矫揉造作的句子又有何用？在某些“相思相见知何日，此时此夜难为情”的特定场合，能使你百感交集怆然涕下的那几句虽简单平淡似乎波澜不惊却无计回避挥之不去的文字，一定是天地之间最好的诗。

好的诗句，每每在某个特定场合会自然而然地涌上心头。他乡望月，自然会想“疑是地上霜”；思念友人，自然会想起“春来发几枝”；登山临水，自然会想起“欲穷千里目”……昨天参加一个颇高规格的诗词研讨会，在欢迎宴会上美酒佳肴，人们不断“劝君更尽一杯酒”，却不见谁“斗酒诗百篇”。酒足饭饱之余，桌上剩菜很多，不禁使人想起“谁知盘中餐”，甚至想到了“朱门酒肉臭”。我“停杯投箸不能食”，真不知是什么滋味。

凭什么人家要读你的诗？你为诗付出了多少？屈原把命也赔上了，李白吃过官司被流放，杜甫几乎一辈子颠沛流离，苏东坡、黄庭坚被贬谪到蛮荒之地，黄仲则更是穷病而死……唐人选唐诗似乎还不大肯选杜甫的诗，杜甫生前没有出过诗集，死后多年才出第一本诗集。我们很幸运，饱食终日，游山玩水，品茗谈诗。读者是买不来的，他们精明得很，诗人应该老老实实写诗，争取有读者，一有读者就应该感恩。

诗词创作有三个层面：技术层面、艺术层面、思想层面。想从心所欲表达思想层面的“意”和艺术层面的“象”，不能逾技术层面“音”的矩。人的气通过笛子的孔才能转化成美妙的乐曲。

对于诗词格律，有人主张传承，不主张创新；有人大谈创新，对传承不以为然。我们觉得所谓创新，应该主要是思想内容和语言的创新，而不仅仅限于形式。

创作诗词，第一要写得“通”（顺），这是体现作者驾驭语言文字的能力。第二要写得“美”，这是体现作者审美情趣。第三要写得“妙”，这是体现作者的思想和智慧。只有写到妙，读者才会拍案叫绝。

当代诗词应该用旧瓶装好酒，否则就成了“瓶装水”。所谓旧瓶，就是旧体诗词的形式和格律；新酒，就是有时代特征的思想、内容和文字。我们只有酿出当代的好酒，装入严守平水韵的传统典雅的瓶子也好，装入时尚新颖的新声新韵乃至新诗的瓶子也好，都会有广大的品尝者。

有些当代诗词，“泪痕”“伤心”“断肠”“青衫湿”

等词语俯拾皆是，情绪很低沉，却并不感人。屈原为“民生之多艰”而“掩涕”，杜甫是因为“国破山河在”而“感时花溅泪”，李煜是因为亡国后“垂泪对宫娥”……如果仅仅描摹伤心，却写不出伤心的理由，或者说出的理由一点也不充分，读者就会觉得你在无病呻吟。

诗词创作的语言可以有多种风格。杜甫有《秋兴八首》《诸将五首》《咏怀古迹五首》等典雅风格的诗，开李商隐一路；也有《江村》《客至》《又呈吴郎》等浅显风格的诗，开白居易一路。不像当代有很多诗词作者只认死理，只走一条死胡同。饮食有满汉全席宫廷菜，还有民间小吃家常菜，也有生猛海鲜高档菜……不拘一格多样化，才能丰富多彩。诗词创作者应该有厨师的雅量，烧好自己的菜，粤菜不必攻击川菜，东北菜不必诋毁上海菜。

语言风格不同，可以有传统型，创新型，等等，只要有自己的感想、感慨、感悟在，而不是无病呻吟或老调重弹，采用任何一种语言风格，自有其读者和食客在，不合口味者自可另选饭店，根本不必在人家店门口寻衅相骂也。俗语云：萝卜青菜，各有所爱。于诗亦然。不爱萝卜，不是说萝卜营养不好。不爱青菜，也不是说青菜营养不良。只是口味不同而已。古人云："少陵不喜渊明诗，永叔不喜少陵诗，虽非定评，亦足见古人心眼各异，虽前辈大家，不能强其所不好。"

我们读古人的诗，总觉得作者是活的。我们读很多今人的诗，反而觉得作者是死的。古人能原创首创新创独创，今人却往往拾人牙慧人云亦云亦步亦趋。前人说："恨不跃身千载上，趁古人未说吾先说。"为什么？因为古人说过了，我们就不能也不必重复说了。而当代很多诗人，却是"幸得生于千载后，趁古人说过吾重说"。前人又说："文章切忌随人后。"当代一些诗人却是"诗文恨不随人后"。萧子显在《南齐书·文学传论》里很不满意诗歌"缉事比类……或全借古语，用申今情"。但我们觉得借古语申今情还不算什么坏事，很多人借古语申古情，甚至借古语还申不出情，毫无灵气生气，真不像活人写的哩！

读到一篇文章，有一段话说得真好："周有光说：'中国的白话文诗歌到徐志摩成熟了，小说到沈从文成熟了。'那些成熟期的作品，白话面子，文言底子，拙朴存典雅，率真有节度，霁日光风，草木欣欣，后世熟滑巧华文字岂可企及。”当代诗词创作的语言风格，也应该是“白话面子，文言底子”。如果是“文言面子，文言底子”，当然典雅，只是有点陈旧。如果是“白话面子，白话底子”，就有点俚俗。而如果是“白话底子”，还要装“文言面子”，不但装不像，而且非常滑稽可笑。就像当代有些赋：“肚子饿了乎？可以吃饭了兮！”

诗的创作源泉来自于何处？应该来自于自己的生活。如果光把古人的语言作为诗的创作源泉，写出的诗就会显得空泛和苍白。有一篇评论当代拟古诗词的文章，其中有一段话值得深思：“以学习古人为名，掩饰自己对于社会生活的漠然，掩饰自己关怀精神的缺位，这种行为，难道不是缺乏诗人襟抱的表现吗？在他们的词作当中，见不出一点作为当代人的独特感受，仍然是宋代市民阶层的离愁别绪，历史仿佛根本拨动不了他们的心弦。作品的主语是古人，不是作者。”

当然，当代诗词创作的许多作者正在做着可贵的尝试，我们读到过当代诗词中不少优秀的作品，能够反映当下，诗意盎然，闪耀着当代诗人思想的光辉，富有诗词的艺术感染力，被读者争相传诵。这些作品的产生，无一不是源于作者对于当代社会和现实生活的充满热情的关注和思考。

《全唐诗》收集的诗人达二千二百多人，《全唐诗补编》又补收了诗人一千五百多人，但真正代表着唐诗成就的是李白、杜甫、韩愈、白居易以及王维、孟浩然、高适、岑参、元结、刘长卿、韦应物、李益、元稹、孟郊、柳宗元、李贺、李商隐、杜牧、贾岛等四五十位大家，而不是剩下的那三千六百五十个小家。当代人选当代诗词，不可能搞出像《唐诗三百首》一样水准的选本来。《唐人选唐诗》也并不理想，但是总比没有好。

参加过几回当代诗词研讨会，好些个著名教授说不看当代诗词，认为当代没有好诗词。我就觉得奇怪，既然你们不看，怎么就说没有？你以为在当代熙熙攘攘的诗词表演、诗词大赛、诗词大会里能找到诗？没门！诗究竟在哪里？辛弃疾可以回答你："众里寻他千百度，蓦然回首，那人却在灯火阑珊处。"

给当代人看当代诗不能太多太烂，不能浪费人家时间，太多太烂还不如让人家去看唐诗宋词。人家看唐诗宋词也没有看全唐诗全宋词，为什么却要看那么多那么全的当代诗词呢?

林语堂说过："中国没有宗教，诗教可代宗教。"他说得很悲壮。

20个世纪40年代，柳亚子曾经说："再过五十年，是不见得会有人再做旧诗了。"他说得很无奈，但是幸好没有言中。

20个世纪的60年代初，郭沫若这样说："旧体诗词，我看有些形式是会有长远的生命力的。如五绝、七绝、五律、七律和某些词曲，是经过多少年代陶冶出来的民族形式。……如果真能做到'既有浓郁的诗意，语言又生动易懂'，我看人民是喜闻乐见的。"他说得很中肯，目前诗词界的现状也证实了这个论断。

毛泽东预言，旧体诗词一万年也打不倒。他说得很坚决。

现在有不少人觉得当代人不必再写旧体诗词了。因为鲁迅说过好诗到唐代已经被写完了。当代人再写也写不出《将进酒》《蜀道难》《琵琶行》了。按照此理，写游记散文的到现在似乎也没有写出《滕王阁序》《岳阳楼记》《前赤壁赋》那样的经典作品来，看来好的游记散文到王勃、范仲淹、苏轼已经写完，当代人也不必再写游记散文了！长篇小说写到现在也没有写出《三国演义》《儒林外史》《红楼梦》来，长篇小说到罗贯中、吴敬梓、曹雪芹已经写完，当代人也不必再写长篇小说了！文学评论写到现在也没有写出《文心雕龙》《诗品》来，好的文学批评到刘勰、钟嵘已经写完，当代人也不必再写文学评论了。

我们生活在当代，为什么我们的诗会被古人写完？我们的前辈创造了科学文化艺术的高峰，不应成为我们故步自封、停滞不前的理由。我们确实有辉煌灿烂的唐诗，使我们作为中华民族的后代引以为自豪。可是我们不能因为我们的前辈写过好诗，我们自己就丧失了继续写出好诗来的信心。为什么世人对于诗词的要求就如此苛刻？我觉得，当代人应该理直气壮地创作诗词，写出当代的诗词精品来！

大众创作，小众不看甚至大众都不看。小众创作，小众看大众不看甚者小众也不看。这种现状下讨论诗词创作的小众化或大众化都没现实意义。只有小众创作大众（包括小众在内）欣赏，这才是精品。流传至今的古典诗词，包括唐诗宋词，都是这样的经典。小众写，小众爱看，那是山珍海味；大众写，大众爱看，那是大饼油条；小众写，大众爱看，那是私房家常菜。无论谁写，小众大众都不爱看，那是浪费原材料。

柴米油盐酱醋茶，这是寻常老百姓的生活。琴棋书画诗酒茶，这是文人雅士的修养。一样是茶，站队不同，档次就不一样。也唯有茶，两面可以沾边。有些诗就是“雅不避俗俗不伤雅”，真正能够做到雅俗共赏。

有人说：“唐代有那么多的好诗！为什么当代人写的好诗我一首也没有读到过啊？”唐诗流传到今天有《全唐诗》，大约有五万首。可是真的为今天有中等文化水平的人所熟悉，恐怕也只有三五百首，而能被一般的老百姓所熟悉并朗朗上口背得下来的恐怕就只有几十首了。唐王朝近三百年，如果以流传下来并为当代人耳熟能详的好诗有五六百首计，一年也就大约只流传两首。这就是我国诗歌的黄金时代了！据统计，当代有上百万人创作旧体诗词，每天有五万首诗词诞生——相当于《全唐诗》的总数！以每天 50000 首乘以 365 天计算，得出的是一个很大的数字。在这么多的诗词作品中，如果有一到两首诗（词）能够流传后世，我们就也像唐代一样是诗的黄金时代。谁在当代就能读到这首将来会流传的好诗，比中福利彩票的大奖还难哩！

这本书里我们编选了当代诗词一百二十来首，我们还为每首诗词做了简要的点评，希望能给读者阅读和欣赏时提供一些帮助。诗有想得到的好：所谓在意料之中，未出意料之外，虽笔底尚无，却心中已有；有想不到的妙：所谓非常人能道之语，出人意料之外，却在情理之中。把想得到的好反反复复说成了想不到的妙，就太烦琐太唠叨了。所以我不大爱读有些专家的唐诗宋词的长篇大论的鉴赏文章，也不大爱听有些教授的不着边际的对于名篇名作的讲解。我很爱看前人一些唐诗宋词的汇评，往往寥寥几字，就点到穴位，搔到痒处。我们的点评不算很长，如果读者还是嫌长，也可以不看。

还有一个问题，就是当代人评诗每每过誉。袁枚云："以部娄（小山丘）拟泰山，人人知其不伦，然在部娄，私心未尝不自喜也。"然即使赞誉泰山，如云比珠穆朗玛峰还高，则泰山也未必自喜也。点评佳作，寥寥数语到位即可，不必掺入许多水分。过誉者只说明识见之浅之低，否则就是评者别有所冀，另有隐情也。真正的知音，应该是说好能说到位，说不好也能说到位。

我们绝不是说这一百多首诗已经把当代的好诗都搜罗来了，此外已无遗珠。实际上，入选的当代诗人很多还不是名家，而当代诗词名家的作品我们倒是还选得不多。我们只是希望这本《当代诗词百首点评》中有几首诗能让你读到好诗如中大奖。

当代诗词能迅速流传，一是要作品本身写得好，二是要有人广泛宣传介绍。二者不可缺一，有时甚至后者比前者作用更大。入选《唐诗三百首》和《千家诗》的诗作，因为已被印刷出版几千万甚至上亿册，当然就比仅选入《全唐诗》的诗作流传更广。

演员好不好由观众说了算，诗人好不好由读者说了算。无论你懂不懂诗词格律，都不妨碍你对于好诗的欣赏的评判。因为好诗主要是由立意的思想层面的高度和深度、感情的真挚和丰富，意象意境塑造的新颖、遣词造句技巧的艺术感染力、谋篇布局的跌宕起伏等等决定的。但是如果你能进一步了解一些诗词平仄、押韵、拗救、对仗的常识，定会感觉到这些当代诗词作者也能“从心所欲而不逾矩”。

欣赏诗词就像观赏舞蹈：诗如跳舞，可分上中下三段，亦犹诗之三个层面。脚步分左右，滑动须流畅，踩点按节拍，此为技术层面，如诗之有平仄押韵；身段优美，转动适度，配合默契，此为艺术层面，如诗之有意境和语言；头脸表情自然，眉目含情，显大家风度，此为思想层面，如诗之有立意、气象、格调、襟抱。三者组合成翩翩舞姿，浑然一体，始臻上乘。

同样，就像你熟悉了游戏规则再看象棋和足球比赛，会更加觉得兴致勃勃和趣味盎然。

本小册子诗词和点评的正文字数不多，倒是这篇前言写得长了，聊当与读者诸君一席之长谈也。

2019 年 9 月 16 日于上海 11 月 15 日改于吴江

目　录

（作者排列按姓氏拼音为序）

安燕梅

同学聚会

廿载分离一笑逢，同窗故事火锅中。
纷纷从底轻捞起，兑入乡音味更浓。

| 杨逸明点评 |

有时读一首诗很像是在看一组电影的镜头，这首小诗即是如此：明明是老同学聚会讲述过去的事情，忽然故事中的人物一一散开，与沸腾的火锅汤水隐隐约约重叠起来，还似乎是从火锅中捞起来各种食材，化作了那过去的熟悉的人物。上面朦朦胧胧闪过了曾经发生的人物和情境。甚至发出的声音还带着乡音，使人回味无穷。这种将时空景象人为地剪辑拼贴的手法，最早是被人从建筑领域延伸运用到电影艺术中，现在又被诗人引进到文字表现中来，使得文字也产生了视觉上的效果。每个单独的镜头，往往只是一个独立的图像，但是当这些图像被诗意地组合起来，就会形成有艺术感染力的形象。当导演把两个平淡无奇的画面剪辑在一起时，带给观众的却是前所未有的强烈冲击与震撼。电影蒙太奇的效果，即在于此。诗人也需要并且好好学习这种“蒙太奇”的手法，以使得只有几个汉字组成的诗词，不但产生悦目的画面，甚至产生一种有动感的穿越时空的艺术效果。

鲍淡如

初到铁力

满车军绿出榆关，千里风尘掩泪斑。
同校同行人不识，少男少女话难攀。
冰城水暗吞江月，小站灯昏照土山。
子夜秋寒真入骨，当时未卜十年还。

| 杨逸明点评 |

作者写过一组回忆四十多年北大荒军垦农场经历的七律。对那特殊年代中的生活场景和思想情绪，诗人娓娓道来，别有一番滋味在心头。此诗首联写景，寥寥两笔写出当年情景，景中有情。颔联用大白话写当年情景，情中有景，重温此情此景尚觉感人至深。颈联写景历历如在眼前。尾联以情景交融作结，读来也使人感慨。古人云："律诗要处处打得通，又要处处跳得起。"此诗层次分明，节奏感强。"老三届""老知青"，有此类似经历者不会不产生同感。诗人含情而写，故每一联精彩，读者自然也会读来动情。

曹世清

乡居晓起

小立田头迎曙明，鸣蛙犹鼓隔宵声。
翩翩紫燕忙寻食，莫谓双飞只为情。

| *杨逸明点评* |

写乡间小景，双双飞燕似乎是在谈情说爱，作者却说它们“忙觅食”，联想到它们还在“养儿育女”。闲景中引出不闲之意，轻松场景引出沉重话题，让人们对于现实生活进行思考。小诗虽然只有四句，却能够开阖腾挪，跌宕转折，读来颇有余味。

曹世清

次韵奉答退密诗翁

（四首选一）

耄年岁月挽留难，匆匆犹如水下滩。
怕患痴呆常觅句，为防消渴少加餐。
幽居僻境谁相识？旧调新腔我自弹。
坦荡襟怀无隐秘，只余密码暂须瞒。

| 杨逸明点评 |

八十多岁的老诗人，小诗写来全是取材于生活中的小事：写诗能防老年痴呆，少加餐因为有糖尿病。但是却写得极有情趣。尾联偏于“无隐秘”之“坦荡襟怀”再翻出一层意思：还有“隐秘”。就是银行密码还不能“坦荡”公布，让人忍俊不禁，莞尔一笑。诗往往以小见大，唯有清平时世和谐社会，才有老人如此宁静滋润的生活场景。步韵甚难，“瞒”字组词不易，但是对于擅长此道的诗人，不但韵押得很稳，且还能有新意出彩，正好以此表现自己的才情，所以还是常常被人喜爱。

陈仁德

谒山海关孟姜女庙

暴秦残虐虎狼如，黔首吞声不敢呼。
多少男儿含恨死，哀号只有一村姑。

| *杨逸明点评* |

一大帮子男人和一个女人，这样的对比造成强烈的反差，在古典诗词中常有使用。花蕊夫人的《述国亡诗》将这样描写："君王城上竖降旗，妾在深宫那得知？十四万人齐解甲，更无一个是男儿！"将亡国的责任推给一个妇人，怪不得要有人叫屈。秦始皇修建长城，服役的自然是男子，但是不计其数的男子都"吞声"，没有敢"哀号"，竟然是一个叫孟姜女的妇人把长城哭倒了。沉默中的爆发，"于无声处听惊雷"，小诗为一个妇人喝彩，写来也是惊心动魄。

陈永安

听老伴唠叨

权把唠叨当曲听，烦人句句总关情。
客稀室陋多沉寂，相伴相扶是此声。

| *杨逸明点评* |

老伴的“唠叨”，虽然“烦人”，却“关情”，可以“当曲听”，甚至可以在人生的道路上“相伴相扶”。此诗句句感人，字字在理。老龄化的社会，这样的生活场景随处可见。生活中有那么多诗的素材，只要懂得生活，善于发现和提炼，大白话写出来就是好诗，根本不需要堆砌很多漂亮的辞藻和晦涩的典故。

陈衍亮

无 题

一路昏黄灯似花，长街梦碎雨沙沙。
徘徊孤影他乡客，看尽千窗不是家。

| *杨逸明点评* |

年轻的外来打工者之作，写一个雨夜他在陌生的大都市里看着“广厦千万间”时的感受。作者有生活，写诗就取材于生活，写出了当代都市中一幅现实生活的场景。在叙事中流露情感，在抒情中反映现实，一看就是自家的活计。每每看到有一些当代年轻人的诗作，词语是旧的，连情感也是前人的，没有自己的生活，或者观察生活不深入细致，所以写诗就只好向古人“借贷”了。读那种诗让人觉得作者像是穿了借来的衣裳，虽然花花绿绿，却总是很不合身。

陈一凡

金缕曲·三龄孙生活录像剪辑

（二首选一）

一脉天生种。怪吾家、情根不断，绳珠串孔。路拾残红摊手掌，要向枝头吹送。怕踩得、花花疼痛。偶与邻猫成小别，泪珠儿也自哗哗涌。回眸处，悲声纵。

新来学我诗吟诵。扮谪仙、推窗望月，头抬手捧。更恋皮黄生旦戏，唱做这般生动。听不厌、长腔曼弄。蓦见苏三扛枷锁，小眉头顿压愁云重：人间事，咋难懂？

| 杨逸明点评 |

生活中的细节描写，细腻生动形象，小孩子的天真情态跃然纸上。全词充满生活情趣。比起无病呻吟的诗词，这首词的内容何等充实。最后结句，借小孩子之口提出问题。作者曾受不公正待遇被打成右派，差点自杀，知道作者的不幸遭遇，最后的问句读来使人感到心酸。

丁德明

武夷山饮茶

武夷溪水涌心潮，云雾蒸腾暮日烧。
小镇试看茶碗里，人人穿上大红袍。

| *杨逸明点评* |

大红袍茶自然很有名，作者在武夷山品尝大红袍茶，不从正面描写，不从人人能道之语讲起，却偏偏从一个小小茶碗里剪取一个小镇上人们喝茶的镜头。前两句铺垫：第一句写溪水和心潮，水有了；第二句写暮云和落日，红颜色也有了。于是不必从大处观景，只须在小茶碗里就能看见人人都穿上了大红袍。整个武夷山和小镇，全部沏入大红袍的茶汤里了。写诗要出新意，普通景物，经诗人之笔一剪裁，就显得妙不可言。

丁汉江

中 秋

九霄今夜泻银波，人到中秋望素娥。
为有吴刚勤斫桂，蟾宫漏出月光多。

| 杨逸明点评 |

写中秋的诗词甚多，名篇更是不少，要写出新意不易。此首小诗，前两句也很平常，但是后两句，忽发奇想，从吴刚伐桂的故事着手，联想到桂树被吴刚斫后枝叶稀疏了，自然从树枝缝隙里漏出的月光也多了。诗词题材层出不穷，不可能被古人写完，只要找到新的角度，总能写出新意。“心思之妙，孰谓今人不如古人耶？”（《随园诗话》）

丁汉荣

雪乡素描

（四首选一）

悬灯贴福过新年，大雪封门梦正甜。
一片曦光称捷足，先掀夜色照春联。

| 杨逸明点评 |

前两句铺垫，似一般般，但也不是可有可无之笔。后两句全用所谓新诗的写法，新鲜形象，妥切生动。“曦光”无足却能“捷”，无手却能“掀”，全由诗人的想象为之安装也。目前格律诗词存在一个通病是语言太现成，不知如何打造得“活色生香”。我所谓的“新诗写法”，其实也不甚确，这种写法实际上古已有之，如“山抹微云，天粘衰草”“孤灯然客梦，寒杵捣乡愁”等等，只是当代的诗词作者渐渐弃之忘之，而新诗的作者在不断继承创新，倒成了一种现代化的新写法了。

范东学

村　娃

赤脚光臀几稚童，追蛙扑蝶菜畦中。
时而发愣天边望，说道爹娘在打工。

| *杨逸明点评* |

两句铺垫，似在写乐，作为反衬。有杨万里、范成大的田园诗的趣味。第三句一转，留个悬念，一结忽然说到打工的爹娘，使人心酸。绝句虽短，只要谋篇布局得法，一样可以腾挪施展，跌宕起伏，一波三折，所谓“螺蛳壳里做道场”也。尾句有社会内涵，引人深思。

傅璧园

高阳台

压地冻云，遮天飞雪，当时狮子街前。冷尽青春，至今肠断魂牵。别来万苦千辛事，乍相逢、欲语泫然。最难言、君十九年，我廿二年。

西郊草色迎人日，叹惊鸿影瘦，病燕态蔫。白首重携，只当共了残缘。缘残梦旧忘难彻，忆中庭、双倚未眠。记那时、夜凉似水，月淡如烟。

| 杨逸明点评 |

劫难之后，与旧日情侣重逢，作者伤感，自不堪言。“最难言、君十九年，我廿二年。”隐隐透露出了劫难的缘由。抒情中夹杂景物描写，都使人想见其人的悲惨境遇。诗不但需有感而发，而且还需把这“感”提炼后再艺术地“发”出来，方能感人。把哀怨写得如此委婉凄美深沉，正是这首词的特色。

负离子

西湖边看现炒龙井

众香闻尽一香殊，嫩叶新锅小火炉。
且向老翁称二两，三千里外饮西湖。

| *杨逸明点评* |

诗人的想象必须大胆，如果束手束脚，就只能就事论事，舒展不开。诗人的想象必须丰富，如果单调干瘪，就只能居于井底，格局不大。这首小诗写观看龙井茶的制作，然后就买了二两，准备带回家去品尝，如是而已。这就不是诗家语，味同嚼蜡了。诗人说带了二两茶叶回远方的家，再品尝龙井茶，就有了在三千里外依然能品尝到西湖的水一样的感觉。

富寿荪

访故居

一椽老屋未全欹，犹忆当年竹马嬉。
今日重来成过客，趁无人处立多时。

| 杨逸明点评 |

故居有无数童年往事值得回味，在当今屡屡动迁的年代，怀念故居的诗作也越来越多。此首抓住一个细节：“趁无人处立多时。”表现心理活动细致入微、生动形象。绝句的谋篇布局如打排球的接球（起）、一传（承）、二传（转）、扣球（合）。最后一扣，不但须有力，而且要扣在界内，这才能得分，才会引来喝彩。

高 昌

玉渊潭赏樱口占

春似顽皮小破孩，描红涂绿逐人来。
东风搔得樱花痒，挤向枝头扰攘开。

| *杨逸明点评* |

写诗赋比兴，比最难。把两样不相干的东西扯到一块，还要把物态神韵描绘得生机勃勃，充满诗意，使人不觉得突兀，只感到精致巧妙，趣味生动。春和小破孩，两不相干，但是春与小破孩的顽皮性格又何其相似！春会描会涂，还会搔痒，弄得樱花其痒难熬，只好挤向枝头开出花来。诗人也要有小破孩的顽皮劲，才能奇出怪样，想得出来。

高立元

春雨如酥，车经新华门见紫燕飞进中南海，有吟

锦梭交掷为谁忙，欲筑新巢觅栋梁。
轻剪微风裁细雨，翻飞绿瓦过红墙。
柳间啭舌声声脆，池畔衔泥口口香。
只作寻常檐下卧，不妨屋主写华章。

| 杨逸明点评 |

歌颂当代领导，这个题材不好写。如果“大题大作”，很容易言辞落套，内容空泛。诗人找来了一位“形象大使”——燕子。前六句全写燕子，到第七句，忽然说：“燕子在这里屋檐下，也只当是在寻常百姓家一样筑个窝，绝不影响和打扰屋主人‘写华章’的工作。”诗似乎是淡淡写来，最后提到“屋主”，也未对其做过多的描述，但是却把人与鸟和平共处的和谐气氛烘托得非常自然。题中已经写到“中南海”，则“屋主”为何人？写的是何“华章”？均不言自明。如果没有“屋主”的“和谐”思想，燕子又哪会有在寻常人家的感觉？诗贵含蓄，这样写，给读者留下了联想的空间。

龚霖

参观玉石展览

满场玉石若排兵，散发千年日月精。
我到军前一巡阅，秋风意气顿生成。

| 杨逸明点评 |

玉石精彩，把这些玉石想象成列队的军士，更是精彩。尾句以秋风衬托，气象更为灵动。静止之物可以成为动态之景，全在诗人一支笔的调度。

古求能

为女儿写真

四岁西西娇又娇，家庭王国独称豪。
飞机大炮连天闹，积木图书满地抛。
供不应求新故事，乐而忘饭旧童谣。
兴来跳到台阶上，要与爸妈试比高。

| *杨逸明点评* |

反映自己的生活场景，古人很多。“老妻画纸为棋局，稚子敲针作钓钩。”“大儿锄豆溪东。中儿正织鸡笼。最喜小儿亡赖，溪头卧剥莲蓬。”均是。这首诗也写自己的日常生活，写小孩子写得生动细致，有情有趣，完全来自于生活的体验，读来觉得很接地气，且多用新词语，句句扣题。旧体诗词取材当代人的思想情绪和生活场景，还要把这个题材内容写到位，很不容易，但这是关系到旧体诗词这种文学样式还有没有当下发展，还有没有必要继续创作的大问题。

葛　勇

小说人生

有人名字绕心田，借酒酣时说李娟。
众友无言秦旭哭，吾妻已死十三年。

| 杨逸明点评 |

这是作者三十年后回乡所写组诗中的一首，写与小学老同学重逢的一段场景。以现实生活中的真人名入诗，很难被人接受，因为诗不主张“实名制”。《赠别汪伦》诗中写入“李白”“汪伦”，竟然流传，实属不易。此首第一句写自己的暗恋，三十年不敢说出伊人姓名，今日与老同学重逢，借着“酒酣”好不容易说出“李娟”，居然众人无言，“秦旭”哭泣。尾句才道明原因，引出一段可以让人无穷遐想又无限伤感的人生故事。四句委婉含蓄，读完后教人扼腕叹息。何谓好诗？可以使读者眼前一亮，心里一颤、喉头一热的作品是也。

葛 勇

游燕子矶

万顷金波斜照外，丹崖峭壁压江寒。
我来燕子矶头坐，一任舟人浪里看。

| *杨逸明点评* |

这首诗中的后两句是点睛之笔，使人想起新诗中“你在桥上看风景，看风景的人在楼上看你”的名句。同样的意思用在旧体诗中，也同样的精彩。新诗和旧诗可以互相学习，绝对不会水火不容，更不应该老死不相往来。

葛　勇

本集题记

欲送贫寒事太艰，题诗幸可慰愁颜。
知卿不喜艰深语，僻字生词一例删。

| 杨逸明点评 |

青年诗人在他诗集的题记中对自己妻子说："知卿不喜艰深语，僻字生词一例删。"如果当代诗人们都把自己的读者当作爱人或亲人，不是过分地用生词辟典为难他们，只用流畅明晓的话说富有趣味的事和饱含感情的话，当代的诗词风气定会清新干净许多。这是我读此诗时受到的启示。古人云："诗家有不说理而真乃说理者。"此诗没有振振有词说大道理，却说出了一个诗词创作的原则。

郭庆华

家里吊兰花开了

曾拣阳光暖处栽，偶然调整下窗台。
始知移到阴凉地，才向人前淡淡开。

| *杨逸明点评* |

生活中的一个小小场景叙述，一个小小的细节描写，却在不经意间悟出了一个人生的道理。娓娓道来，甚有理趣。古人写细节的诗句极多，“优哉悠哉，辗转反侧。”“参差荇菜，左右采之。”“爱而不见，搔首踟蹰。”“复恐匆匆说不尽，行人临发又开封。”“有约不来过夜半，闲敲棋子落灯花。”都是很有名的诗句。刘熙载《艺概·诗概》中这样说：“以鸟鸣春，以虫鸣秋，此造物之借端托寓也。绝句之小中见大似之。”运用细节描写，能够使诗歌走出平庸，平中见奇，有点石成金之妙。

韩林坤

西江月·粽子

米带珠般莹润，苇含水样烟蓝。彩丝扎得角尖尖，枣是丹心一点。

身上千般缠绕，心中一味甘甜。谁将温软又香黏，慢慢嚼成思念。

| 杨逸明点评 |

为端午写诗的人很多，但把一只小粽子写得那么细腻的却少之又少。诗人多情，粽子裹得更多情，“珠般莹润”“水样烟蓝”“角尖尖”“丹心一点”相辅相成，又各尽其巧。上片人裹粽，下片粽裹人。语不吐而情真，爱不言而意切。一幅纯真的小儿女情态，在短短的诗句中，已然含苞待放了。诗能如此，妙得很。

韩倚云

航天绝句

（二首）

一入虚空绝四邻，满天星斗作交亲。
云涛起落苍茫外，自有神舟揽月人。

| *杨逸明点评* |

作者是从事航天事业的科学工作者，写星空也别有一番气象。古人扪星揽月都是想象之词，如今“神舟揽月”却是航天飞船直接登月之举。作者就直接用诗句为当代的航天工作者代言了，何等豪迈！杨叔子院士主张左右大脑并用，还说写诗时应既重视人文，也不轻视科学。想想也是，这二者不能偏废，实际上谁也离不开谁。“人生自古谁无死”是科学；“留取丹心照汗青”是人文。“落红不是无情物”是人文；“化作春泥更护花”是科学。“身无彩凤双飞翼”是科学；“心有灵犀一点通”是人文。“一生报国有万死”是人文，“双鬓向人无再青”是科学。“似此星辰非昨夜”是科学，“为谁风露立中宵”是人文。我写过“诗人管辖

斑斓梦”是人文；“不信星空会陆沉”是科学。例子真的很多。本诗也是一例：“一入虚空绝四邻”是科学；“满天星斗作交亲”是人文；“云涛起落苍茫外”是科学，“自有神舟揽月人”，在古代只是人文，今天却既是科学又是人文。

游离星体挂清空，相互牵连引力中。
物质灵魂俱作客，不知谁是主人公。

| *杨逸明点评* |

用科学的眼光和原理直接描写星空，但是对于物质和灵魂的关系，连科学家也觉得迷惘，因为大自然实在太神奇，还有很多人类无法破解之谜，造化神奇，据说牛顿、霍金、爱因斯坦也最后相信有上帝。无怪乎作为科学工作者的诗人也有“不知谁是主人公”之叹。

韩倚云

春　燕

双翼乘风带彩霞，高天下望有人家。
管他百姓和王谢，只借门庭看杏花。

| 杨逸明点评 |

美丽的小燕子，在诗人笔下也有了诗意的襟怀。它双翼带着彩霞，在高高的天上俯瞰，只见杏花一大片，于是找了一个门庭，停下来欣赏春天的美景。妙在燕子并不势利眼，不在乎门庭的高下和贵贱。写燕子，反衬人心。“旧时王谢堂前燕，飞入寻常百姓家。”是耳熟能详的古诗，用来要务必翻出些新意，否则就太现成，没有了熟悉的陌生感。古人云：“诗无言外之意，便同嚼蜡。”正是这个旧句子的另辟蹊径的运用，使得全诗就有了言外之意。

何　鹤

榆林往返飞机上

云海茫茫自在行，仙凡两界辨难清。
机身抖动缘何事？天路崎岖也不平。

| 杨逸明点评 |

凡是乘坐过飞机的人，应该都经历过飞机遇到气流时的抖动，也互相叙述过这种不舒服的感觉，这是人人能见之景，也是人人能道之语。可是这寻常之景却成了诗人眼中之景，而且还能够出之以诗家语：“机身抖动缘何事？天路崎岖也不平。”诗人的敏感，一是用眼光搜寻，一是用心灵感应。诗的源泉本来就是来自于生活，做个有心人，保持诗人的特殊的敏感，发现生活中的诗的素材，付之于笔端，就是好诗。

何永沂

戏说六和塔

指点浮图辨正斜，年经八百绕烟霞。
高僧建塔无回扣，不是官家豆腐渣。

| *杨逸明点评* |

许多古代建筑,经历百岁千秋,风雪地震,居然挺立依旧。许多当代的建筑，甚至在刚建成剪彩时就坍塌了。不能不说是一个笑话。此诗对此进行了辛辣的讽刺。一个“无回扣”,一个“官家豆腐渣”,道出了其中原委,发人深思。既然是“讽刺诗”，就只需一根刺，扎在穴位上，使人感到酸麻即可。现在有很多的所谓“讽刺诗”，或抡起大棒大棍去人皮肉，或举着刺乱戳乱扎，这些都不是真正意义上的“讽刺诗”。不但没有现实的意义和作用，连诗词的富有审美情趣的可读性都失去了。

胡焕章

乌　纱

乌纱脱下着单衫，日日相随有菜篮。
独有菜农曾见识，招呼仍喊旧官衔。

| *杨逸明点评* |

写现实生活中的人情世态，作者作如何想，不须多费笔墨道明，看似淡淡，却有情有趣，极为自然。抓住生活的细节描写，是写小说的一个重要方法，写诗何尝不是如此。别林斯基曾高度评价成功的细节描写："仅用一个特征，一句话就能把你写上十来本书也无法表现的东西生动而充分地表现出来"。确实，一万句空洞的道理，不如一个具体的细节更能打动人，更能说明事物的真实面貌。

洪君默

城西避震风雨中

一自西川动地鸣，寻常草木已皆兵。
救灾谁不思倾力，避震还真欲罄城。
狗叫也能增敏感，鸡飞更易触神经。
矮棚彻夜无灯火，听雨听风坐到明。

| *杨逸明点评* |

作者经历了四川汶川大地震，写地震时的感受，既能描摹入细，又能惊心动魄。颈联写得具体形象，鸡飞狗叫，让人心惊肉跳，不敢入睡。但是颔联还是写出了灾区人民的团结抵抗自然灾害的决心和行动。想起流行过的一首词，也写汶川地震，虽然是著名作家，因为没有生活经历，一味想歌颂，竟然写出了“纵做鬼，也幸福。”“只盼坟前有屏幕，看奥运，同欢呼。”写诗有没有生活，见识的高与低，写出的诗就不在一个档次上。

黄思维

浣溪沙·秋凉有作

（二首）

叵耐兼旬暑浪连。陡吹凉雨晚来天。好亲书卷对前贤。

苟有会心虽片语，但能适意纵无弦。夜晴窥户月清圆。

陌上青青草又生。隔墙风送数声莺。旧曾行处旧时情。

幽事去难量近远，浮云在自议阴晴。晚霞犹傍小窗明。

| 杨逸明点评 |

两首词写得凝练。第一首写初秋新凉，景物清新可喜，心情淡泊闲适。第二首写初春心情，格调雅致，景物鲜明。此词语言凝练简洁，说话不多，却曲折达意。片语即能会心，无弦不妨适意，幽事难量远近，浮云可议阴晴，俱道人所未道，读来有味。袁枚说：“诗如言也，口齿不清，拉杂万言，愈多愈厌。口齿清矣，又须言之有味，听之可爱，方妙。”

黄志军

喝　茶

松枝火舔瓦汤锅，桑木瓢分白水河。
将就湔山青石碗，片时枯叶活春波。

| 杨逸明点评 |

不紧不慢道来，有山有水，有火有木，有瓦有锅，有瓢有碗，有枝有叶，有青有白，煞是热闹，最后以一个“活”字绾合，全诗也顿时“活”了起来。一首小诗写得让人长了很多见识，学诗何啻仅仅“多识鸟兽草木之名”哉？不用看图，就熟悉了这么多的原生态的饮茶器具。有情有趣，甚是精彩。

蒋昌典

早　春

燕未归来莺未闻，桃花初孕柳初新。
深深小巷花花伞，撑出江南二月春。

| 杨逸明点评 |

小巷甚小，花伞更小，但能撑出的江南景致甚大，小大相映成趣，给人以美的享受。一个“撑”字，功力匪浅。

金嗣水

给父亲洗脚

九旬老父脚生鳞，瘦骨青筋似树根。
两载思亲回故里，一盆热水注温馨。
轻轻点按活经络，慢慢揉搓洗垢尘。
养育春晖泰山重，区区何足报慈恩。

| *杨逸明点评* |

一首七律写为父亲洗脚的过程，写得字字细致入微，句句充满感情，惟妙惟肖的心理，有板有眼的动作，非常感人。有些当代诗词，“泪痕”“伤心”“断肠”“青衫湿”，等等词语俯拾皆是，却并不感人。诗的创作源泉来自于何处？应该来自于自己的生活。当代人应写自己的思想情绪和生活场景。如果光把古人的语言作为诗的创作源泉，写出的诗就会显得空泛和苍白，甚至给人以“魂兮归来”的感觉。这首取材完全来自于自己生活的诗，写得教人湿了眼眶。

孔繁宇

南乡子·与闺蜜逛街

搭背又勾肩，比罢鞋跟比耳环。兴到浓时拍掌笑，腰弯。哪管旁人侧目观。

专柜惹流连，争试新衣妆镜前。偷眼先瞄签上价，惊天。佯道款型忒一般。

| *杨逸明点评* |

写的是当代人的生活场景“逛街”“试新衣”；用的是当代人的日常用语“勾肩搭背”“专柜”“先瞄”，反应的是当代人的思想情绪和心理活动“偷眼”“佯道”。有人物，有场景，有情节。读完教人忍俊不禁。

李葆国

秋到太后峪

烘云喜气报年丰，渲染秋山万点红。
错落柿林庄户院，大灯笼照小灯笼。

| *杨逸明点评* |

第一句说丰收之年，第二句写丰年之景。第三句一转，写具体地点和具体收成，尾句以大小灯笼相互映照，呼应上句的“错落柿林”。当代“开轩面场圃”的山村景象，在诗人笔底一下子显得特别生动活泼，富有生气。

李建新

咏白牡丹

得宠春风里，仍穿素淡妆。
此花虽富贵，心态却平常。

| *杨逸明点评* |

平平常常的话语，写出白牡丹的心态，反衬人富贵了心态就不能保持平常。意深辞浅，言近意远。古人云：“诗有极平浅，而意味深长者。”此诗是也。

李建新

赠抗日老战士

烽火年方少，今成九十翁。
一提驱寇事，声响尚如钟。

| *杨逸明点评* |

前两句言简意赅叙述了老英雄的一生。但是人老心未老，老战士一提及当年抗击倭寇的岁月，还是兴奋异常。寥寥几笔，小小一个细节，把九十岁的抗日老战士的火爆性格、铮铮铁骨刻画得活灵活现。这样的老英雄，何等可歌可泣可敬可佩。古人赞扬杜甫：“欲知子美高明处，只把寻常话入诗。”写诗“深而晦，不如浅而明”，能词浅情深，词浅意深，诗短情长，最妙。

李荣聪

清明祭母

墓草青青节又来，杜鹃声里雨哀哀。
儿时懒散老尤甚，好想听娘骂一回。

| 杨逸明点评 |

祭祀母亲，墓草青青，鸟鸣哀哀，追怀母亲，没有罗列种种母亲关爱情景和往事，竟然很想再被母亲“骂一回”！写诗须道他人所未道。出人意料外，又在情理中。读此诗，觉得加倍的悲伤：连被母亲再骂一回都不可再得，更何况是被母亲再关爱，那就更是奢望了。好诗往往使人眼前一亮，心间一颤，喉头一热。此诗兼而有之。

李树喜

双枪老太塑像

远离烽火久，世理乱成堆。
老太双枪在，不知该打谁。

| 杨逸明点评 |

一段熟悉的历史故事，一个人所共知的不尽如人意的现状，诗人只用短短的两句诗一笔带过，就把读者从历史带进了现实。一个熟悉的历史人物，诗人揣摩其心理，代她说了一句似乎在情理之外又未必不在情理之中的话语，既引人发噱，更发人深思。小诗言简意赅，词浅意深，胜过洋洋洒洒一篇论文。

李树喜

下鹳雀楼

众鸟疑飞尽，黄河似不流。
欲知百姓事，请下一层楼。

| 杨逸明点评 |

此诗似是临摹王之涣的《登鹳雀楼》。然而立意新奇，完全不落俗套。前两句写当代的不尽如人意的情景，后两句，忽然与“更上一层楼”相反，劝人“请下一层楼”。出人意表，发人警醒，简直可以叫你冒一身冷汗。但愿此诗真能存此，“以俟乎观人风者得焉”。

李海霞

夏日忆旧之单车情怀

一路鸣铃笑语多，车前小妹后阿哥。
歌声忽住林荫里，羞了池边并蒂荷。

| *杨逸明点评* |

子曰："思无邪。""《关雎》乐而不淫。"三百篇起首便是"窈窕淑女，君子好逑。"男欢女爱，也是诗词的一个健康的写作题材。此诗抓住一个细节，写出两相爱悦的青年男女的片断场景，含蓄不露，让人会心一笑。

李伟亮

夜　半

夜半妻来电，接电妻不语。
小儿唤牧云，应声犹吞吐。
央我乘夜归，归来买手鼓。
央我陪他眠，摇篮唱老虎。
我言客京华，回家逢周五。
夜里无班车，今夕况大雨。
牧云那得听，哽咽泪如注。
声声揪我心，彷徨失出处。
妻止小儿啼，妻言小儿苦。
几度睡不成，念念唯思父。
朝上幼儿园，放学日已暮。
急走入家门：爸爸哪里去?
北京是何京，可通门前路，
火车何时来?追问不停住。
啼声忽又高，我愁妻转怒。

呵斥语渐悄，不知睡着否。
此时雨淅沥，郎当响硕鼠。
夜风扑窗棂，黎明犹倒数。

| 杨逸明点评 |

这样明白如话的诗，肯定不入当代高高在上的著作等身满肚子学问的教授学者的青眼。不要说这是当代的一个小青年诗人所做，即使是诗圣杜甫，写了三吏三别，羌村三首，也不会被当时的选诗者编入集子。《又呈吴郎》，竟然还被人说是“此诗说有佳者，吾所不解”；“不成诗”；“叫花腔”。可是这首被有学问的人们斥之为不登大雅之堂的七律，却依然流传千古，原因只有三个字：接地气。本诗娓娓道来，如叙家常，全是生活中人物和情境，感人甚深。所谓“是真佛只说家常”，即此。

李伟亮

回保定乘 K 字车

过眼风光数点青，黄昏广播细聆听。
慢车自有人情味，每在深秋小镇停。

| *杨逸明点评* |

坐火车，古人没有过，所以古人只写骑驴，乘舟，驾马车……想象天上的交通工具也是仙槎，六龙车……当代人有了 G 字头的高铁和 D 字头的动车，连 K 字头的“快车”和 T 字头的“特快车”都成了慢车，行万里路到达目的地的速度加快，可是欣赏沿途风景的机会反而丧失了不少。这个现象被一位年轻的诗人发现并写入了诗中。慢车成了“有人情味”，而“深秋”和“小镇”的组合，正是最富有诗意的时间和地方的结合点，让人向往。读了这首小诗，你是否也有了去坐一回慢车好好欣赏一下深秋小镇的冲动呢?

李忠利

伯乐相狗

喝了一杯鸡尾酒，伯乐当众夸海口：
从前相马是专家，今天相犬是能手。

常开一辆宝马车，去相一条千里狗！

鼠

耗子虽然是丑类，十二生肖第一位。
牛鬼蛇神流氓兔，都要叫我老前辈。

老鼠过街去纳税，人人喊打就不对！

| *杨逸明点评* |

有位教授告诫我创作诗词要“力避古典诗体白话化、口语化”。我表示“我喜学乐天诚斋，走性情一路，正不避白话，

反而力求口语化”。他当然不以为然。坚持认为：“过于大白话，以为时髦，则不如作自由体，现代诗，那样更山寨，更平民，不必戴镣上铐，不伦不类。”所以他以及这一群体的人写诗，“以为学问即是诗词”，遣词造句生涩难懂，僻典生典随处皆是。袁枚早已说过：“人有满腔书卷，无处张皇，当为考据之学，自成一家；其次，则骈体文，尽可铺排。何必借诗为卖弄？自《三百篇》至今日，凡诗之传者，都是性灵，不关堆垛。”这两首词，明白如话，我读来觉得很有味，很有诗意，很有幽默感，更有现实意义。大家不妨读一读，然后思考一下，究竟是那位教授说的对，还是我说的没错。六行诗，古人不少，李白的《子夜吴歌·秋歌》、孟郊的《游子吟》等，都是。李忠利将六行体诗分作上四下二，中间空一行。创作了很多数量并结集，形成风格，自成一体。

廖国华

送九六慈母魂归道山

（四首）

除夕弥留气已微，时临初七痛魂归。
上苍着意怜人子，春雪连天洒作悲。

平土埋坛作墓田，小园蔬果四时鲜。
先留一角空闲地，有待儿来伴母眠。

花晨月夕泪空流，贫苦人家不断愁。
愁满空山聊一慰，百龄只欠四春秋。

生虽贫贱去安闲，明月清风水一湾。
园角不赊埋骨地，让他人挤北邙山。

| *杨逸明点评* |

老母以九十六岁高龄辞世，作者伤痛欲绝。四首绝句，甚得组诗章法。第一首记老母西去的时间和经过。第二首

写入葬情形。第三首写痛定思痛，自我劝慰。第四首宕开一笔，忽写世相。笔笔伤感，字字悲痛，却以“春雪连天”“小园蔬果”“花晨月夕”“明月清风”等幽美景物出笔，非高手莫办。既反衬悲痛心情，又体现豁达襟怀。古人云：“舍近今恒用之字，而借古字之通用以相矜者，此文人之所以自文其陋也。”此诗能选常用词语，写眼前之境，抒深沉感情，实是高手。

林从龙

过秦俑坑

胆丧荆卿剑，魂惊博浪椎。
泛封兵马俑，能否慰孤危？

｜杨逸明点评｜

前两句用两个典故：荆轲以图藏匕首刺秦王，张良雇壮士在博浪沙锤击秦王，都是史记中精彩的故事。秦始皇生前被人袭击，吓怕了，做了那么多泥做的兵马俑希望死后护卫自己，这当然很可笑。所以诗人发问：这就能安慰得了你恐惧的心理了吗？诗人只发问，却不答。古人云：“咏古七绝尤难，以词意既须新警，而篇终复须深情远韵，令人玩味不穷，方为上乘。”七绝如此，五绝更难。此首可称上乘之作。

刘鲁宁

答老同学

君至寒斋盛宴无，烹茶烫酒有红炉。
廿年故事同追忆，随手如翻几页书。

| *杨逸明点评* |

请同学来“寒斋”，没有“盛宴”，但是有“烹”的茶和“烫”的酒，，又有“红炉”，其热度与“寒斋”相映衬，给人的感觉很是强烈。在这样的氛围里追忆廿年的故事，就像在随手翻阅几页书籍。写诗注意反义词的运用，增加反差，可给人留下深刻印象。“巴山夜雨涨秋池”，山是硬的，夜是黑的，雨是湿的，秋是凉的，池是冷的，与后一句“何当共剪西窗烛”相映衬，窗是温馨的，烛是暖的红的干的，前后的相反意境给人强烈的印象和感染力。

刘鲁宁

小院

山前多细雨，云外有人家。
小圃竹篱短，能围四季花。

| *杨逸明点评* |

以小见大，小中有大，小能喻大。写诗要能大能小，只会写大不会写小易大而空腔，只会写小不会写大易小家子气。能大能小才是宝贝，如金箍棒和芭蕉扇。此诗妙在写“小”的圃中“短”的竹篱，居然围得住“四季”之花。所谓“生如芥子纳须弥，心似微尘藏大千”。

刘鲁宁

多年前，与小女雨后夜归

小街新霁褪浮华，夜色柔成一路纱。
怀里女儿天上指：雨将月亮打湿啦！

| 杨逸明点评 |

前两句写景，为后两句作铺垫。第三句描写女儿的一个动作，第四句蹦出女儿的一句天真话，让人忍俊不禁，觉得妙趣横生。年轻父母怜爱女儿的深情也漫溢纸上。写诗只描述一个动作，只记录一句言语，倒是能给人留下深刻的印象。有时面面俱到，读者反而什么也记不住。“打起黄莺儿，莫教枝上啼。啼时惊妾梦，不得到辽西。”也是一个动作和一句自言自语的话，却让读者记住了一千多年。

刘庆霖

桂林冠岩暗河行

手电照阶山腹行，时闻脚下暗河声。
携取一枚石出洞，让它知道有光明。

| 杨逸明点评 |

讲述游览溶洞的过程，几个动作：照、行、闻、携、出……似皆平常。前三句只作铺垫，不露声色。到了第四句“抖出包袱”，带石头出洞是为了让它知道世上有光明。看来作者像是一个顽皮的儿童，仔细一想，诗中自有很多言外之意。古人云：“诗人者，不失其赤子之心者也。”对待石头尚且有拳拳痴情，对人自不必说。“诗情愈痴愈妙。”信然！

刘能英

西江月·回乡所见

归路一窗晴色，沿途四望秋禾。夕阳无挂坠山坡，溅起人间烟火。

抱个孙儿喂食，叼根烟斗编蓑。阿公软语劝阿婆：看下新闻联播。

| *杨逸明点评* |

一幅农家乐的场景，如图画展现眼前。在陶醉田园风光的恍惚之间，使人想起辛稼轩的词句："醉里吴音相媚好，白发谁家翁媪？"但是因为有了尾句的一个极具时代特征的词语"新闻联播"，就把整个画面定格在了当代。有的教授学者不赞成现当代的新词语入诗，认为这会破坏旧体诗词的传统风格和韵味。但是如果这首词没有了这个新词语，谁知道诗人是在歌颂唐代还是宋代？这首词与我们这个新的时代还有什么关系？

刘能英

无题

无端老大客京华，忍看银蟾上碧纱。
有子有夫聚不得，三人三处各思家。

| *杨逸明点评* |

白居易写过：“共看明月应垂泪，一夜乡心五处同。”那是因为“田园寥落干戈后”才有的情景。如今和平年代，一家三口有的打工，有的读书，也分作了几处，而亲人之间的相互思念还是有类似之处，虽然不像白居易那样沉重。改革开放以来，经济发展，这样的家庭还是很多，所以这首小诗就有了普遍的典型意义。

刘如姬

浣溪沙·夏之物语

（二首）

旋转全家小太阳，爱听故事几箩筐，夜深却怕大灰狼。

童曲哼来蓝月亮，繁星缀满梦衣裳。梦中可在捉迷藏?

拾起蛙声入梦乡，童谣荡过老桥梁，儿时脚印一行行。

风语叮咛花骨朵，星眸闪烁夜橱窗。银铃街口响叮当。

| 杨逸明点评 |

在一组充满诗意朦胧的《夏之物语》词中选出两首，前一首似乎是一位年轻的母亲在哄着小宝贝睡觉，后一首似乎是年轻的母亲自己也堕入了对于自己童年情

景的回忆之中。读来耳边仿佛回绕着舒曼《童年情景》组曲的优美旋律。除了真情，打动人的还在于一连串关键词的组合，如“小太阳”“大灰狼”“蓝月亮”“梦衣裳”“捉迷藏”“老桥梁”“花骨朵”“夜橱窗”等等，这些词打造出了一个缠绵迷离的童话世界和童年梦境。

刘　征

八声甘州·自桂林赴阳朔舟中

看群峰缥缈似飞来，高寒列峥嵘。想银河曾决，怒涛直泻，遽尔凝冰。散作一江浓绿，水底倒天青。一色天山水，万象空明。

更喜江鱼堪脍，向舷窗举酒，我告山灵：只匆匆来去，无以报多情。得新诗即吟相赠，有两三佳句似君清。闻大笑，道阅诗多矣，都令人憎。

| *杨逸明点评* |

李白、韩愈、柳宗元、苏轼、陆游等大家，既是写散文的行家，又是写诗的高手。他们的诗歌创作与散文创作不仅在思想内容方面一以贯之，在诗歌的表现手法上，都有明显的散文化倾向。在词的创作中，许多词家更是有意识地采用散文化的句式。例如辛弃疾的《西江月》：“昨夜松边醉倒，问松：我醉何如？只疑松动要来扶。以手推松，曰：去！”在古代的格律诗创作中，许多大诗人守着格律

而不为格律所拘，收到了不单调、扩充诗的内涵、增加诗的表现力等等新奇的效果。古代诗人的尝试和探索，将散文的章法结构、句式、虚词，以至于议论、铺排等手法移植到诗歌创作之中来，形成格律诗创作中的变化多端、丰富多彩的句子形式，使得散文的纵横捭阖的气势和诗词的精炼严谨的风格完美结合，达到新的层面上的审美情趣和表现能力。这首刘征的词，就像一篇柳宗元的《永州八记》之类的小散文，读来很有味道。

刘征

水调歌头·望九华山云海

云与山相戏，百变幻山容。重重蔽天青嶂，转眼觅无踪。忽作茫茫大海，但见涛头百怪，踊跃竞腾空。忽作千崖雪，琢玉白玲珑。

忽奔狮，忽走象，忽游龙。忽作驻坡万马，散乱抖长鬃。忽作往来天女，含笑低眉下望，飘转袖如虹。转眼云消散，万壑响松风。

| *杨逸明点评* |

刘征是杂文行家，所以行文一鼓作气，汪洋恣肆。词也有古文的气势，谋篇布局甚是严谨。全词有七个“忽”，一连串的比喻，令人目不暇接。他创作词，有时平仄略有不调，但是比起亦步亦趋严守格律者写的词来，反而更有可读性。

刘 征

客 至

高谈朗笑众声哗，阵阵门铃客到家。
老友拍肩叹华发，诗朋叉手赞新茶。
弹筝共赏渔舟晚，秉烛不知月影斜。
人去夜阑情未尽，案头留赠数篮花。

| *杨逸明点评* |

杜甫有《客至》的七律，人物和场景写得栩栩如在眼前。这首同题的七律，与杜甫的七律时间跨度相隔一千多年，但是完全可以作为姊妹篇来阅读。大家都是用白描的手法，写出一些生活中的细节，来表现与朋友的情真意挚，非常生动形象。

楼立剑

童年忆事之放牛

稻麻深处觅羊肠，牛尾无声甩夕阳。
赤足偶惊蛇出没，童心只与鸟商量。
山横魅影当归路，草伏蚊兵开战场。
最爱牧鞭遥指处，炊烟一片入风香。

| 杨逸明点评 |

回忆童年放牛情景历历如在眼前。此诗描摹景物如画，然“惊蛇出没”“与鸟商量”之童心，风含炊烟之香味，均非画笔所能描出。颈联一大一小，一静一动，信手拈来，浑不费力。诗感和语言把握到位，眼前之景以及生活中细节琐事皆可入诗，不需堆砌辞藻和典故，只要娓娓道来淡淡写出即能出彩。古人云：“性情厚者，词浅而意深；性情薄者，词深而意浅。”此诗读来有味。

楼立剑

南歌子·下厨打杂

不是心情懒，多因技艺穷。围厨打杂亦英雄。两个辣椒剁得满堂红。

萝卜无贫富，人心有歉丰。一番滋味万家同。恰似含情带泪剥洋葱。

| *杨逸明点评* |

“诗有别趣”，写景须有景趣，抒情须有情趣，说理须有理趣。不相干事物，一经诗人扯到一起，竟然全相关联，生出无穷趣味。有些当代的仿古拟古作品，不但遣词造句用典全是古人装扮，连思想情绪见地也全向古人借贷。此诗却以新语言新思想写旧体诗词，读来有味。

马 力

床 前

病榻黄昏母正眠，依稀还见美人颜。
流年莫让垂垂老，长许孩儿细细看。

| 杨逸明点评 |

写母爱和儿女对于母亲的感恩之情是文学作品永恒的主题。此写女儿对于母亲的祈盼，希望母亲永远不老，永远美丽，其情甚痴，故甚感人。古人云：“诗人者，不失其赤子之心者也。”此首有之。

马星慧

如梦令·出门忘带手机了

（三首）

包里翻寻三遍，掌上娇娇难见。搔首恁茫然，
忽忆床头充电。心乱，心乱，闲暇时光谁伴？

红绿沿途花草，婉转叶间欢鸟。独自赏酣然，
不用分心拍照。真妙，真妙，杂念顿然消了。

默默心中祈祷：找我之人休恼！傍晚赶回家，
来电目光横扫。还好，还好，尽是营销骚扰！

| *杨逸明点评* |

手机，当代人的随身携带物品，其不离不弃的严重程度远远超过贾宝玉挂在头颈里的通灵宝玉。一旦丢失了就会失魂落魄，惶惶不可终日。今人丢失手机的沮丧心情，古人只有丢了官，失去情人才会有。三首小令，描摹人物心理惟妙惟肖，细致入微，趣味横生。写当代人的思想情绪和生活场景，是旧体诗词创作的方向。不知读者诸君是否也碰到过这样的事情，是否也有过这样的心情？如有，读来定会会心一笑。

马祖熙

重游白下偶题

画舫轻红水上楼，桨声灯影忆前游。
可怜建邺胭脂水，流到城西号莫愁。

| *杨逸明点评* |

老诗人用秦淮河之“胭脂水”与“莫愁”之湖水，搁置在一起，造成级强烈之反差。表面上诗人只是说了一件摆在眼前之事实：秦淮河流到城西就是莫愁湖。但言外之意，却耐人寻味。“莫愁”二字一语双关，另有深意，无限感慨，不道自明。古人云：“诗无言外之意，便同嚼蜡。”此诗结句有余味。

倪卓雅

高中同学聚会清风人家茶馆

师生重聚醉清风，握手频频不肯松。
教授律师局处长，当年都是小顽童。

| 杨逸明点评 |

老同学重聚，每每有诸多感慨。老了，好像大家就有所感悟了。《红楼梦》的好了歌，《三国演义》的开场诗，都说的是这种慨叹。各行各业，奋斗了一辈子，都完成了从小顽童到老顽童的过程，其中的一切都是小插曲而已。这首小诗，言简意赅，写出了老来才有的明白话。

潘　泓

鹧鸪天·张家口杂粮水果店主小云速写

面的刚停响手机，脸庞红黑语声低。帽檐大境楼头雪，裤腿阴山路上泥。

黄绿豆，脆香梨，包装南北卖东西。憨诚媳妇娇儿女，美味人生一店齐。

| 杨逸明点评 |

我们当代人有许多诗词吞吞吐吐，读者看不见当代人的生活场景，不知作者是在写谁。当代大学生的诗词不写校园生活，当代姑娘还在写闺怨。如果当代诗词创作不写当下，恐怕诗词这个古老的文学样式就失去了继续传承和发展的意义。但是我还是看到了不少当代诗人的写当代生活的诗词。这首《鹧鸪天》可算是其中的代表作。词中有现代的用具“面的”“手机”，有当代姑娘的人物形象“脸庞红黑语声低”，还又憨又娇。她走南闯北，帽檐上有大境的

雪花，裤腿上有阴山的泥土。开了杂货铺，卖东西南北的货。最后一句“美味人生一店齐”，透露出她的勤劳致富的生活很美满，很滋润，虽然忙了点。我想，一千年后的读者读这首诗，就会像我们现在读一千年以前的“开筵面场圃，把酒话桑麻”“老妻画纸为棋局，稚子敲针作钓钩”诗句时有一样的感觉，平常语言组合成的诗句，传递了一幅生动形象的生活场景，直扑眼前。

潘朝曦

题画歪脖树

天生不是画师才，画树根斜脖子歪，
休笑弯材无大用，只因能曲始无灾。

| 杨逸明点评 |

作者画了一棵歪脖子树，觉得自己画不好，不是个画家，但是却歪打正着，写了这首小诗。从表面上看似乎诗人是在劝人要学会“曲”以保平安，但是作者是个耿直的人，他自己做不到，而且要真正耿直的人都做“歪脖子树”，恐怕也是做不到的。这首诗，也就是发发牢骚而已。他的言外之意，倒是说如果是栋梁之材，绝不要歪着脖子，就应该挺直脊梁，即使有灾有难又有何妨！

彭 璞

空巢老人除夕无眠

世间谁识老人心，鱼肉金钱未动情。
彻夜无眠非守岁，欲听儿女叩门声。

| 杨逸明点评 |

“每逢佳节倍思亲”，流传千古的诗句感人至深。当代一位老人写的这首七绝，将王维的名句具体化了。“思亲”，原本也包括年迈的父母对于儿女的剧烈思念！但愿老人写完这首诗后，儿女的敲门声立刻响起来……不要让老人失望啊！“诗缘情”，当今有些自诩为诗词行家者却只谈格律，一读此诗即云：“首句出韵，应将‘心’置换掉。”真不知如何与他们谈诗！

启　功

鹧鸪天

（八首选二）

乘客纷纷一字排，巴头探脑费疑猜。东西南北车多少，不靠咱们这站台。

坐不上，我活该。愿知究竟几时来。有人说得真精确，零点之前总会来。

远见车来一串连，从头至尾距离宽。车门无数齐开闭，百米飞奔去复还。

原站地，靠标杆，手招口喊嗓音干。司机心似车门铁，手把轮盘眼望天。

| 杨逸明点评 |

挤公交车，我们这个年龄段的人都经历过。所以读启功老的这些很接地气的词作就很有感觉。当代的一些诗词专家特别是一味泥古的学者，对于用通俗的词语写当代人的

日常生活场景是很不以为然的。胡适说过：“吾所谓务去烂调套语者，别无他法，惟在人人以其耳目所亲见亲闻所亲身阅历之事物，一一自己铸词以形容描写之；但求其不失真，但求能达其状物写意之目的，即是工夫。其用烂调套语者，皆懒惰不肯自己铸词状物也。”这两首词写一个特定年代的社会现象，生动诙谐，形象逼真，词语虽然很俗，但是诗人在“雅不避俗俗不伤雅”上还是分寸把握得很好。

任豫坤

咏葵花

生性逢迎喜向阳，成天讨好转头忙。
可怜忠实追随者，赢得垂头伴晚凉。

| *杨逸明点评* |

葵花向阳，一向作为歌颂的对象。但是从另一个角度切入，却也可以作为“跟屁虫”的形象。本诗描述的某个社会群体，读者自然最熟悉不过了，一经写出，便跃然纸上。逆向思维，确实可以拓宽写诗的思路。当然，你不能把蜒蚰写成美女，把梅花写成恶魔。毕竟读者还是有一个审美的标准和习惯，这就需要掌握分寸，把握一个度。

殊 同

西站送客

客中送客更南游，一站华光入夜浮。
说好不为儿女态，我回头见你回头。

| 杨逸明点评 |

曾读到过张昆华的一首新诗《送别》："是否还有送别的岸边杨柳 / 是否还要期待那天际归舟 / 长亭更短亭的遗址 / 承受不住摩天大楼 // 没有风铃再去惊醒燕雏 / 没有桨板再去荡平激流 / 喇叭、汽笛、机声、拜拜 / 安检仪器把亲友拦在身后 // 手机取代万里家书 / 电子辞退绿衣邮夫 / 只有三五首唐诗宋词元曲 / 还能读出远客的淡淡离愁。"自古以来送别诗很多，感人的篇章不少。我每每为当代诗人难以写出精彩的送别诗而怅惘，也许当代不再重视友情。当代诗词中，居然还有"说好不为儿女态，我回头见你回头"的好诗句！一个用大白话描写的细节，"只眼前景，口头语而有弦外音。"（沈德潜语）谁都读得懂，只要是重感情的人，谁读了都会怦然心动。

陶光顶

炒　作

荧屏广告炒春光，花未含苞报喜狂。
唯有老农心态静，迎秋才赞稻花香。

| *杨逸明点评* |

前两句写现实社会往往言过其实，报喜不报忧，大家对此几乎已经熟视无睹，见怪不怪了。仔细想来，真的谁能及得上这位“迎秋才赞稻花香”的老农呢？浮躁的心态做浮躁的事情成了普遍的风气，这首小诗也许能让人会心一笑吧！

田 遨

某饭店邀跳舞，谢不往

多谢良朋折柬招，浓歌艳曲共今宵。
自知俯仰无柔骨，不敢随人试舞腰。

| *杨逸明点评* |

写的是当代的人们习以为常、司空见惯、见怪不怪的社会现象，到了海派诗人笔下，便出新意，读了使人哑然失笑、忍俊不禁。老诗人并不标榜自己有傲骨，也并不说看不惯世人的沉湎于歌舞升平，但是一个有主见有风骨的老实人形象却跃然纸上。

田　遨

斥陋习

稀奇古怪事，一一喧众口。
真是林子大，什么鸟都有。
人际有等级，神仙老虎狗。
游戏撕钞票，劣货索价陡。
电话可骗钱，考学有枪手。
学术与文章，重金可买走。
圣哲可颠覆，诗仙变臭九。
大禹有外遇，易安亦酗酒。
不惜诬古人，吹牛胡乱吼。
浅薄多浮躁，狂妄不自剖。
不学充学者，自炫反露醜。
已矣勿复道，唯唯又否否。

| *杨逸明点评* |

这首诗是老诗人们之间的步韵唱和“九九牧歌”组诗中

的一首。写所见所闻所感，信手拈来，浑不费力。古人云：“诗宜朴不宜巧，然必须大巧之朴；诗宜淡不宜浓，然必须浓后之淡。”此诗看似甚朴，又似甚淡，实是大巧之朴、浓后之淡也。

汪冬霖

翻阅影集感作

趋步蹒跚入世尘，青丝白发渐中分。
如歌岁月何其短，不忍咔嚓按快门。

| *杨逸明点评* |

好诗往往似口头寻常之语，灵动流畅、清新明白，不须多加修饰，所谓“清水出芙蓉”者也。此首后两句即如不知不觉脱口而出之语，更觉自然生动。

王子江

哨所吟

持枪换哨下楼台，恰遇朝阳采访来。
塞上新闻随处是，春风注册杏花开。

| 杨逸明点评 |

作者为著名军旅诗人。此诗写边防哨所的战士生活，一扫古代边塞诗中常见的征夫愁苦之音，展示了新中国军人乐观、热爱生活的精神风貌，令人耳目一新。直说夜间值哨，拂晓换岗，便无诗意；而说“换哨”时“恰遇朝阳采访”，就浪漫得多，奇妙得多。第三句设置悬念，引人入胜：边塞到处是新闻——究竟有什么新鲜事呢？末句抖出“包袱”，其实也不算什么新鲜事——不过岁月轮回，又是冬去春来罢了。但说“杏花开”代表着“春风”已来“注册”，以生新之意写熟常之事，则常事也活泼泼地新鲜起来。

王跃东

建筑民工

工棚低矮入霜寒，夜数繁星怕影单。
还是锄禾那双手，种成大厦到云端。

| 杨逸明点评 |

农民到城市打工搞建筑，从种禾到“种”大厦，自己却仍然住在低矮的工棚，这一社会现象，终须解决。诗人以诗为证，留此存照，“以俟夫观人风者得焉”。

韦树定

甲午初夏过圆明园

临榭骄阳似火明，夏宫盛况复经营。
谁知石缝劫灰沃，芳草年年忍痛生。

| *杨逸明点评* |

此诗具有与作者年龄看似极不相称的厚重。以芳草、劫灰代言，初看强辞，细品恰在意料之外，情理之中。结句夺目：怎一个“痛”字了得！

贺新郎·与老妈通话

饭可吃过了？便吱声、安心工作，我都还好。家里余粮还管够，自己多留钞票。且保重、须防感冒。不要和人生矛盾，论是非、性子先磨掉。成绩有，莫骄傲。

其他我不重强调。但姑娘、谁真情意，上心儿找。照镜您多看看你，老大已经不小。你同伴、孩儿乖巧。莫道咱家徒四壁，纵婚娶、礼节安能少？先挂了，净烦恼。

| 杨逸明点评 |

白话入诗词，将近一百年前胡适之就提倡过。他也作过尝试，例如他写的《沁园春·二十五岁生日自寿》：“弃我去者，二十五年，不可重来。看江明雪霁，吾当寿我；且须高咏，不用举杯。种种从前，都成今我，莫更思量更莫哀。从今后，要那么收果，先那么栽。　忽然异想天开，似天上神仙采药回。有丹能却老，鞭能缩地，芝能点石，触处金堆。我笑诸仙，诸仙笑我，敬谢诸仙我不才。葫芦里，也有些微物，试与君猜。”如今，我们来读一下青年诗人的这首词，他与老妈通电话，全首词就是一篇谈话记录。但是大白话的字里行间，随处流露老母亲对于儿子的絮絮叨叨的关爱，非常感人。所谓“是真佛只说家常”。从胡适的提倡，到韦树定的践行，白话入诗这样的做法已经历百年，我觉得倒并不是像有的学者专家所说的“此路不通”呢！

魏新河

水调歌头·中空带飞

天地合成被，中有白云棉。我来头枕明月，与子可安眠。抖落满身星斗，呼吸九垓风露，濯足水潺湲。欲答灵均问，有客可谈天。

一丸日，一丸月，管流年。茫茫天道，无轨无极本团圆。回首悲欢多少，挥手沧桑几许，生命倩谁荃。双翼徘徊久，桂子满衣冠。

水龙吟·黄昏飞越十八陵

白云高处生涯，红尘万象一低首。翻身北去，日轮居左，月轮居右。一线横陈，对开天地，双襟无纽。便消磨万古，今朝任我，乱星里，悠然走。

放眼世间无物，小尘寰、地衣微皱。就中唯见，百川如网，乱山如豆。千古难移，一青未了，玉雕金镂。正人间万丈，苍茫落照，下昭陵后。

| *杨逸明点评* |

在长空飞行，是古人梦想过但是未能做到的事情。庄子有“逍遥游”，想象“鹏之背，不知其几千里也；怒而飞，其翼若垂天之云”。作者是解放军飞行员，驾机翱翔，而且能将这一题材写入诗中。即使是当代，这也绝非是人人能办到的。作者驾机与握笔，“气势两相高”。飞机到了他手中驾驭自如，诗句在他笔下流出，何等儒雅。他的飞行词一组，这里选了两首，气魄极大，想象极丰，描摹甚详，比喻甚新，语言甚美。

吴 菲

清平乐·失恋之后

晓风吹送，回首些些痛。燕婉深盟终底用？不过槐安旧梦。

城郊紫陌荒寒，因缘世界三千。扫起颓枝怨叶，烧成一个春天。

| 杨逸明点评 |

爱情的成败引来的喜悦和痛苦，这样的诗古人写，有不少名篇，今人也写，也有不少好诗。这首写“失恋”的词，一点没有失恋后的颓唐，却写得豁达洒脱。“扫起颓枝怨叶，烧成一个春天。”也许会给有同样境遇的年轻人一些慰藉和鼓舞。

武　阳

如梦令·低碳

夏日炎炎流汗，邻里空调旋转。休笑我贫寒，正好时髦低碳。低碳，低碳，手中紧摇蒲扇。

｜杨逸明点评｜

现代有了空调，人类就不怕炎暑酷冷。科技发展给人类带来了享受，但是这把双刃剑也给人类带来了全球变暖的效应。很多国家已经提倡不开空调或少开空调。诗人自己调侃自己，可能是为了节约用电，但是正好赶时髦，也算是提倡过——过低碳的生活。这也是当代人的一个先进理念和现实生活的一个侧面，留此存照。

吴祖刚

一剪梅·戏作

老子当年气吐虹，坐也威风，立也威风，而今老态忒龙钟。看也蒙龙。听也蒙龙。

儿辈营营花闹蜂。东也嗡嗡。西也嗡嗡。一天风雨乱鸡虫。笑阿家翁。骂阿家翁。

| *杨逸明点评* |

百岁老人写自己老态龙钟，却还是那么生动有趣，叫人忍俊不禁。能长命超过百岁，恐怕与诗人的幽默情怀不无关联。古人云："诗者，人之精神也；人老则精神衰葸，往往多颓唐浮泛之词。香山、放翁尚且不免，而况后人乎？"当代有几位老人的诗作并不如此，有些未老先衰、叹老嗟卑、怨天尤人的诗，真不可与此同日而语。"人间只见皮囊老，不信诗心有暮年。"（拙诗）信然！

奚晓琳

临江仙·长发为君留

欲短青丝君却语，喜她纤似柔肠。无声牵系梦犹香。根根知我意，寸寸用心量。

从此不言轻动剪，今生休换头妆。一根一寸为君长。朝来霞绾髻，夜晚束星光。

| *杨逸明点评* |

只因为丈夫喜欢自己的长发，于是不再剪发，甚至决定以后连发型也不再变化，从此朝朝夕夕在发髻里绾来朝霞束起星光。夫妇之间融融之乐和痴痴之情，通过根根长发，记叙出来，满满的诗意。古人云：“诗情愈痴愈妙。”此词之谓也。

向闲

沪上晤无以为名

片言一帖夜深时，网上三年貌未知。
凡可倾谈终是友，但能相见不为迟。
收藏有道须添我，仕宦无常且说诗。
把酒临窗今夜乐，海边漫看弄潮儿。

| 杨逸明点评 |

三年网上交往，彼此谈论颇契，一到见面，更是投合。彼此不觉得相见恨晚，因为早在网上有了交流，已经成了老朋友了。整首诗句式灵动，娓娓道来，全是拉家常话，“是真佛只说家常”，情深意切，感人至深，使人想起“草草杯盘供笑语，昏昏灯火话平生”的意境。每每看多了网上诈骗和陷阱的报道，对于网上交友总有点恐惧。读了这首诗，却不由得叫人欣羡不已！

谢春江

闲　咏

一包勇士一壶茶，适意还推躺椅斜。
懒抢风头闲读帖，能过日脚怕成家。
工资习惯匆匆尽，岁数何妨暗暗加。
夜里邻居来白话，蓝苹扯到赛金花。

| 杨逸明点评 |

退休后的生活，怎一个“闲”字了得？似乎还是个单身汉子，竟然娓娓道来，还“闲”得有情有趣，还“闲”得像个大忙人。勇士牌子的香烟，蓝苹和赛金花两位赫赫有名的女士，不经意间透露出了写诗的年代和作者的年龄。

星　汉

葡萄沟食葡萄

周身绿染入冰壶，一饱已贪无再图。
万贯贾儿休傲我，而今满腹是珍珠。

| 杨逸明点评 |

腹有诗书气自华，诗人吃了满腹葡萄，居然也底气十足，敢嘲笑万贯的贾儿。诙谐中带着傲气，诗人本色。把葡萄说成珍珠，不是诗人不懂，而是借来一比。古人云：“诗有正喻夹写，似是而非之语，最妙。”明明是东，我偏说西，似是而非，似非而是，正是妙处。

星 汉

浣溪沙·过威虎山

八大金刚干保镖，山头拉起暗中捞。网联上下任逍遥。

威虎厅还添小蜜，百鸡宴已换佳肴。何曾稍逊座山雕。

| 杨逸明点评 |

古人写诗词用典，“季鹰归未？”“其中小谢又清发。”“庄生晓梦迷蝴蝶，望帝春心托杜鹃。”都是他们很熟悉的人物，所以信手拈来，浑不费力，也不觉得“隔”。我们这个时代，说你像“阿庆嫂”，他像“座山雕”，因为这些人物我们太熟悉了，所以讲来，人人明白。可是再过几百年，后人再读我们的诗词，对于这些人物就要加注解了，就像我们今天为“季鹰”“小谢”“望帝”加注一样了。诗人游览威虎山，联想到当今官场里的某些个贪官，不但吃公款，搞腐败，还拉山头搞裙带关系，“大家弄个师长旅长干干”（京剧《智取威虎山》台词），不禁感慨系之，就写了这

首讽刺的词。记得《红楼梦》里的薛宝钗说过："世上的话，到了凤丫头嘴里也就尽了。幸而凤丫头不认得字，不大通，不过一概是市俗取笑，更有颦儿这促狭嘴，他用'春秋'的法子，将市俗的粗话，撮其要，删其繁，再加润色比方出来，一句是一句。"类似凤姐式的"市俗取笑"就不是好的讽刺诗。真正好的讽刺诗应该采用林黛玉式的"撮其要，删其繁，再加润色比方出来"的"促狭"的写法。这首词就有"颦儿"的风格。

星　汉

武当山金顶望云感赋

远飘虚幻压红尘，平割乾坤上下分。
老去书生奸猾甚，倚岩不肯踏青云。

| 杨逸明点评 |

在很高的山上，云来云往，就像是乾坤已经被云层分割成上下两半一般。谁会踩踏到这个云朵里去呢？可是诗人的想象和认知却有了新的内涵。人人都想青云直上，官运亨通，独有诗人知道这是个充满危险的道路。借着眼前的景物，诗人故作痴呆，还说自己“奸猾”，绝对不会往青云里去钻去踏。古人云：“诗含两层意，不求其佳而自佳。”

熊东遨

水调歌头·外家琐忆

环水一村古，到处绿阴遮。乌篷摇出西港，柔橹听咿呀。转过前湾山角，隐隐石桥桑陌，是我外婆家。忘了来时路，只管问桃花。

撮黄泥，飞彩鹞，钓青蛙。平生多少痴梦，半在此萌芽。犹记瓜棚初见，一笑梨涡双现，邻里小丫丫。留住朦胧影，伴我走天涯。

| 杨逸明点评 |

语言的生动活泼，俏皮老到，很难为常人掌握。写诗三个层次：第一写到“通”，此是作者驾驭语言文字的能力。第二写到“美”，此是作者审美情趣的眼力。第三写到“妙”，此是作者思想和襟怀的智力（智慧）。这首词正可以此三字称道之。古人云：“人必先有芬芳悱恻之怀，而后有沉郁顿挫之作。人但知杜少陵每饭不忘君；而不知其于友朋、弟妹、夫妻、儿女间，何在不一往情深耶？”此首词对于一个童年时代的“小丫丫”念念不忘，可见诗人多情，“有芬芳悱恻之怀”也。

熊 鉴

谒神农庙

万千年后拜先人，犹是从前赤膊身。
左手持禾右持药，望之殊不似为君。

| *杨逸明点评* |

初一读，以为是在讽刺“不似为君”的神农，然而细细读来，方知作者是在讽刺后来和现在讲奢华、摆架子“很像为君”的个别“高管”。这使人想起有“中国思想启蒙之父”之誉的黄宗羲的《原君》中的精彩议论：“有生之初，人各自私也，人各自利也；天下有公利而莫或兴之，有公害而莫或除之。有人者出，不以一己之利为利，而使天下受其利；不以一己之害为害，而使天下释其害；此其人之勤劳必千万于天下之人。夫以千万倍之勤劳，而己又不享其利，必非天下之人情所欲居也。故古之人君，量而不欲入者，许由、务光是也；入而又去之者，尧、舜是也；初不欲入而不得去者，禹是也。岂古之人有所异哉？好逸恶劳，亦犹夫人之情也。后之为人君者不然。以为天下利

害之权皆出于我，我以天下之利尽归于己，以天下之害尽归于人，亦无不可；使天下之人，不敢自私，不敢自利，以我之大私为天下之大公。始而惭焉，久而安焉。视天下为莫大之产业，传之子孙，受享无穷；汉高帝所谓'某业所就，孰与仲多'者，其逐利之情，不觉溢之于辞矣。此无他，古者以天下为主，君为客，凡君之所毕世而经营者，为天下也。今也以君为主，天下为客，凡天下之无地而得安宁者，为君也。"讽刺诗须以刺刺其穴道，不必以棍棒击其皮肉，这首小诗就是如此。

徐长鸿

荷兰橱窗女郎

风情放浪到形骸，酥乳妖颜斗柳街。
何似桨声灯影里，吴娃歌管绕秦淮。

| 杨逸明点评 |

有人说旧体诗词不能写现当代的事物，实际上旧体诗词还可以反映东西方的文化差异，写西方的事物。这首小诗就罗列了两种形态风格的橱窗。一开放，“风情放浪”“酥胸妖颜”；一含蓄，“桨声灯影”“吴娃歌管”。作者显然是接受后者。诗写得又典雅又有趣，旧体诗词本来就是一种多功能的文学样式。

两地诗笺

（四首）

雨雪凄凄冷透绵，悼亡泪近暮春前。
人间争有飞仙术，相挽离魂上碧天。（杨金亭）

同声同气意缠绵，恨不相知卅年前。
欲效娲君弥不足，愿将心石补情天。（罗密）

酒渴相如苦昼长，夜吟红豆瘦潘郎。
白娘去后无仙草，急待当归入药方。（杨金亭）

处境艰难苦日长，思乡无奈远辞郎。
君如记得分离苦，便是和谐绝妙方。（罗密）

| 杨逸明点评 |

诗有一个功能：以诗代简。杨金亭的诗集中有一组诗《两地诗笺》，读来缠绵悱恻，感人至深。似乎是穿插在两组

悼亡诗哀婉乐章中间的一组充满诗意的小夜曲。杨金亭和罗密，一位是诗人，一位是画家，两人都擅长诗词，两人以诗传情，于是留下了一段风流佳话。罗密曾有一首《咏梅》诗："玉骨冰肌世罕俦，一枝傲雪暗香浮。愿邀明月长相照，不向春风乱点头。"记得杨老师向我极力推荐过。此诗也确实写得很有才情和风骨。这几首传递爱情的诗，不知是否如杨老师所提倡的是"以富于个性化的现代文言，成功地创作出了全新的诗美意境，从而给读者以'活色生香'、富于时代感的审美享受。"但是，这些诗的语言风格，似乎介于"旧文言"和"新文言"之间，而能给读者以"审美享受"，应该是没有疑问的。"文章随世运，无日不趋新"（赵翼）。从宏观上着眼，就中华诗词发展的总体趋势讲，这话自然不错。但是，爱情、亲情、友情，以及爱和死的主题，这些文学作品的永恒题材，诗人越写越爱写，读者也越读越爱读。文学作品，好像也是"自其变者而观之……曾不能一瞬；自其不变者而观之，则……皆无尽也。"好的诗篇，千古不变的主题，似乎同"江上之清风，与山间之明月"一样，"耳得之而为声，目遇之而成色。取之无禁，用之不竭"。这些佳作名篇，也是诗人的"无尽藏也，而吾与子之所共适"。

杨小源

棉　袄

爷爷留下旧棉袄，三补三翻处处裢。
拆洗絮来当坐垫，依然不是黑心棉。

| 杨逸明点评 |

前三句均淡淡说来，并无出人意料之处。最后一句忽如石破天惊，发人警醒。眼前的棉絮，竟然成为人心、道德、社会、时代变化的晴雨表和温度计，不能不使人深深反思并且长长叹息也！

杨逸明

题喜马拉雅山脉

雪域神奇多少山，无名无字耸云端。
随移一座中原去，五岳都须仰首看。

| 星汉点评 |

中国历代对于五岳的说法不一。现在看来，五岳都在内地，这和版图和考察条件受到限制有关。如果就地理知识来看这首诗，那就辜负了作者的一片苦心。诗词历来注重象外之意，弦外之音。“句中有余味，篇中有余意，善之善者也”（姜夔语）。对于这首七绝，我们不妨这样看：社会上有些不见经传的小人物，他们处于边远的底层，不被人们重视，但是一旦显露头角，未必有逊于高高在上的名人。诗无达诂，笔者所言，聊备一说吧！

杨逸明

回忆初恋

与汝相亲始惹痴，至今心醉卜邻时。
小窗人对初弦月，高树风吟仲夏诗。
梦好难追罗曼蒂，情深可上吉尼斯。
浮生百味都如水，除却童年酒一卮。

| *田遨点评* |

这首诗写得很雅，以“罗曼蒂”对“吉尼斯”，借用外来译名来凑热闹，也像是戏作，加上“梦好”“情深”字样，顿使外来语有了感情色彩。结联尤妙，我们常有这种感情体验，半生经历过很多事、遇见很多人都如过眼云烟，逐渐淡忘了，而在一瞬间遇到的一个热情微笑，或某人发出一个警句时配合做了一个有力的动作，却储存在记忆库里，持久难忘。陆放翁怀念唐琬诗句“伤心桥下春波绿，曾是惊鸿照影来”，惊鸿一瞥，至老不忘。这与“浮生百味都如水，除却童年酒一卮。”不是异曲同工吗?

| *熊东遨点评* |

蓦念少年情事，至今如醉如痴，逸明兄真性情中人也。

看他娓娓道来，几多旖旎风光，俱在眼前重现，不唯己醉、亦复醉人。这“永恒的主题”，确有神奇的效应。结语极深刻、极透彻，不说“顶一万句”，顶常人几十百把句应该不成问题。只是人到不时回味童年，便是老之将至也。

杨逸明

送女儿参加高考

成龙成凤梦难除，掌上谁非可爱珠？
眷眷目光门外聚，沙沙笔迹案头书。
此时犹舐投怀犊，明日终飞展翅雏。
先父送儿情景在，几回追忆泪模糊！

| 星汉点评 |

“感人心者，莫先乎情”（白居易语），“有必不可解之情，而后有必不可朽之诗”（袁枚语）。此诗所言亲情，感情极为复杂：女儿高考，意味着孩子已经长大成人，可喜；高考成功，意味着孩子将远离家庭，从此分多聚少，可叹；忆及父亲当年护送自己高考情景，如今失怙，可悲。天下父母，大都有此一天；“人人心中所有，人人笔下所无”（王国维语），故能感动此类读者。诗中将“望子成龙”“掌上明珠”“舐犊”等典故化用，语句流畅又显渊雅，与生搬硬套者有云泥之别。领联写动作，颈联写感受，两联的情感递进，逐渐深厚，最后逼出尾联，将三代人绾合在一起，时间拉长，七律的容量随之加大。

叶元章

出席金秋敬老诗会感赋

岁月匆匆鬓已华，晚来犹见满天霞。
寒斋亦有阶前土，不种招蜂引蝶花。

| 杨逸明点评 |

九十岁的老诗人，经受过很多的人生磨难和坎坷，才情不减，风骨依然。老诗人在“敬老诗会”上赋小诗以明心志，表示自己淡泊无求的精神和鄙视世俗的态度，期望与老人们共勉。四句诗字字掷地有声，读来使人肃然起敬。

一介愚夫

祖孙乐

两岁孙娃头戴盔，挥枪直把老翁追。
佯装中弹朝天仰，一日牺牲好几回。

| 杨逸明点评 |

写人情之作，“只当求于耳目之前，不当索诸闻见之外。”这是古人的经验之谈。这首《祖孙乐》的小诗，只写眼前常见的一个生活细节，却使人莞尔，使人回味。也许你也见过，也许你也做过，可是你却未写过。谁知道写入诗中，竟然如此生动有趣呢？

伊淑桦

横岗山云雾

雨散空山幻海桑，长天嘘吸入苍茫。
无端峰脊穿云罅，要放钟声下大荒。

| *杨逸明点评* |

起首两句就出手不凡，写得很大气。诗的开头一精彩，后面往往难以为继。此诗转结竟能稳稳当当，神韵气足，更加出彩，殊为不易。峰脊能穿云罅，放出钟声，下振大荒，可见山巅有寺，神龙见首不见尾，读者更有无限想象空间。古人云："月露、风云、花鸟之在天地间，俄顷灭没；惟诗人能结之于不散。"如此大气景象，能由一位女诗人之笔使其"结之于不散"，更奇！

曾少立

临江仙·今天俺上学了

下地回来爹喝酒，娘亲没再嘟囔。今天俺是读书郎。拨烟柴火灶，写字土灰墙。

小凳门前端大碗，夕阳红上腮帮。远山更远那南方。俺哥和俺姐，一去一年长。

| 杨逸明点评 |

没有华丽辞藻和深奥典故的堆砌，全词口语化，写来似乎浑不费力，几乎使人忘却了这是一首中规中矩押韵入律的词作。写当今社会的一户山里人家，充满生活情趣，有寻常人物，有生活场景，有故事情节，富于社会典型意义。普通农村人家的生活艰辛，读来使人满含泪水。“长太息以掩涕兮，哀民生之多艰。”屈原的诗句，仍然是当代诗人的指路标和座右铭。

詹骁勇

索　道

香客不言行路难，路难始见寸心丹。
而今直上青云去，谁解风光险处看。

| 杨逸明点评 |

有人说生活的享受正是在过程之中，人生确是如此。此诗从“索道”的角度切入，写出了作者的思考。轻而易举达到目的，有时反而会使人怅然若有所失。细细读来，此诗的内涵或许还不仅仅只有这些。好诗耐读，读着读着，会联想多多。如果写一篇洋洋洒洒的文字，道理都说周全了，诗味却没有了！

张桂兴

题联合国总部

放眼地球村，不同肤色人。
硝烟何日散，共享四时春。

| 杨逸明点评 |

老子就说过：“兵者不祥之器，非君子之器，不得已而用之。”所以非战、反战的思想一直是历来诗词作品的一个主题。李白就直接把老子的话写到了诗中：“乃知兵者是凶器，圣人不得已而用之。”杜甫写过：“安得壮士挽天河，尽洗甲兵长不用！”古人还有很多此类诗句：“凭君莫话封侯事，一将功成万骨枯。”“可怜无定河边骨，犹是春闺梦里人。”都是对战争的深恶痛绝和严厉诅咒。这首小诗，短短四句，却言简意赅，充满着对于战争的厌恶和对和平的向往。作者参观了联合国总部，写下这首小诗，我觉得应该把这首小诗书写下来挂在联合国的总部。这是一首联合国的广告诗，也可以作为联合国的一篇宣言。

张青云

雨 夜

飘帘檐溜渐如酥，叵耐春寒沁薄襦。
谁念红楼听雨客，一灯如豆梦夔巫。

| 杨逸明点评 |

诗词创作我主张“意深词浅”，但也不反对“意深词深”，只是对于“意浅词深”的诗词较反感。因为玩深沉故弄玄虚，有时正是浅薄空虚的表现。这首诗的作者是到上海落户的“三峡移民”，对于故土一往情深，梦寐难忘。诗句感情真挚，语言虽然是传统的味道，“似曾相识燕归来”，却很典雅，能感动人。有人说郁达夫的“七绝犹有唐人风韵”，“置于唐人集中，几可乱真”。这首诗也以丰神情韵擅长，一样可获得此评语。

张　榕

晚抵重庆

归心日夜溯江流，风雨纵横织旅愁。
夜幕忽撩天一角，万家灯火见渝州。

| *杨逸明点评* |

将夜色写成夜幕，很形象，但是已经为人所道。这里，将夜色中忽见山城的灯光，就像夜幕掀起了一角，露出了藏在后面的灯光城市，这就是前人所未道。寥寥几笔，把夜船行进所见景色写得形象鲜明。古人云：“人人共有之意，共见之景，一经说出，便妙。”

张立挺

钗头凤·带小外孙女健健

亲亲口，闻闻手，赤身如玉肢如藕。香春卉，馨花蕾。东风轻拂，笑颜生媚，醉，醉，醉。

怀中抖，胸前逗，乳添尤在三更后。人常备，宵无寐。外婆消瘦，外公憔悴，累，累，累。

| *杨逸明点评* |

钗头凤这个词牌不好写，见过很多人写过，都不好，难在上下片的最后三个重复的字，总是凑韵，不自然。这首词写自己带小孙女，却写得生动活泼，饶有生活趣味。带第三代的小孩，因为“醉”，所以就不怕“累”。两次叠字，都能恰到好处，丝毫不嫌累赘。

张志坚

夜市早归

隔雨一窗灯已燃，知妻起早备儿餐。
开门看久双双笑，我下班时你上班。

| 杨逸明点评 |

百姓生活，社会底层的夫妻，正是在平淡处见真情。丈夫主外夜出晨归，妻子主内早起晨炊，为的就是生活和孩子。全诗层次分明，第一句写景，“隔雨”的“窗”，“燃”起的“灯”，不禁使人想起“西窗烛”下“话巴山夜雨”的那一对唐代的夫妇。第二句写妻子操劳，却不说自己的辛苦。第三句写夫妻，“久”字耐人寻味又使人感动，“笑”字引人感叹又惹人羡慕。第四句写一下班一上班，夫妻交接班，如此辛苦，却毫无怨言。勤劳的普通家庭的夫妻能如此恩爱，当代许多腰缠亿贯的夫妻还闹离婚岂不愧煞？读此诗自可品出很多言外的意思来。古人云：“是真佛只说家常。”能以旧体诗词写当代人的思想情绪和生活场景，写出情趣来，就是好诗。

张智深

买北京旅游图

雄桥广夏起春初，四海宾朋满路衢。
欲赏京城新市貌，劝君莫买去年图。

| *杨逸明点评* |

当今城市建设的速度使人咋舌，作者抓住一个很有代表性的细节："买旅游图"。反映了这一现象。有时候我们写诗能大不能小，能粗不能细，能笼统不能具体，能东拉西扯不能一语中的。歌功颂德不必用空洞的口号，这首诗值得我们思考和学习。

张宗廉

西江月·做家教

病树寒门陋巷，斜阳衰草荒台。讳言母校是名牌，苦笑万般无奈。

眼底风云变幻，胸中丘壑沉埋。瑾瑜贱卖等篙莱，吆喝一声谁买？

| 杨逸明点评 |

作者怀才不遇，一生不得志，家境贫寒，只得给人做家教贴补家用。心里很复杂，想说自己是名牌大学的高才生，好多要些讲课费，却想到“同学少年多不贱”，自己却一事无成，又感慨，又羞愧，所以只好“讳言”，只好“苦笑”。全词“开阖顿挫，沈郁动荡。”有大有小，有粗有细，有开有合，描写心理活动细腻。联想起有才能却不会溜须拍马者未必能顺利就业的现状，此词读来使人唏嘘。

赵京战

蝶恋花·急行军

脚底已磨仨血泡，眼看夕阳，又响冲锋号。大步流星加小跑，风声飒飒耳边啸。

十里急行转眼到，气喘吁吁，汗水湿衣帽。晚饭会餐刚半饱，一斤饺子全吃了。

| 杨逸明点评 |

当代诗词写当代人的生活场景，包括部队的军人生活。这首词写得语言流畅，场景生动，人物形象栩栩如生，虎虎有生气。

赵一新

雨夜怀人

青鸟高飞未可驯，相思无著雨初匀。
情深不过双行泪，梦短难寻万里人。
忍听檐声如小语，转怜灯影只孤身。
亦知来日东风好，一样桃花两地春。

| 杨逸明点评 |

当今诗词创作七律甚多，然而如无至少一联出色的对仗，七律就站立不住。有些七律，删去中间两联，保留首尾四句，反而是一首较好的七绝。此首七律颔联精彩，颈联不弱，中间两联是全诗的精华部分，读来有味。

甄秀荣

送别

南国春风路几千，骊歌声里柳含烟。
夕阳一点如红豆，已把相思写满天。

| 杨逸明点评 |

一次全国诗词大赛的二等奖获得者写的一首七绝，流传之广已经远远超过其他的获奖作品，包括一等奖的那首长诗。前两句较为平常，也是人人能道之语。可是后两句忽发奇想，把夕阳比作红豆（诗词大赛主办方要求所有参赛作品必须把“红豆”两字嵌入诗中），写满天空的霞光竟是送别的相思之情，气象极为恢宏，也极富审美情趣。

钟振振

夜登重庆南山一棵树观景台看市区两江灯火

云台露叶舞风柯，快意平生此夕多。
人在乾元清气上，三千尺下是银河。

| 杨逸明点评 |

前两句写观景台上的近景，并且把此次观景的感觉抬高到一个很高的地位："快意平生此夕多"。这是在为下文蓄势，像是打排球的二传，把球传到了一个很高的位置上，接下去就看扣球了。第三句就是说人所处的位置已经到了"乾元清气"之上了，于是顺理成章地扣了个又有力又在界内的好球："三千尺下是银河。"李白说是"银河落九天"，这里诗人借用一下，却另辟蹊径，翻出新意，把银河比喻作满城的灯火，而且银河已经落到三千尺下面去了。一首小绝句只有四句，要写到出其不意、波澜曲折、跌宕起伏、一气贯注，确实不容易，俗语中所谓"螺蛳壳里做道场"也。所以一定要有举重若轻、化繁为简、点石成金之手段。拾

贝不可成收杂货，裁锦不可成百衲衣，盆景不可堆砌过度，摄影不可轻按快门。以少少许胜多多许，能以一当十当百，始是好汉。乌合之众，虽多只似龙套走过却始终不见主角登场。这首诗比喻奇特，气象博大。好诗唐代怎么写得完？唐诗耸立唐代的高峰，宋词耸立宋代的高峰，当代诗词耸立当代的高峰。群山组合成的中国文化风景，永远有看头。

周退密

九九有感，步岭南徐对庐《有感》韵

迎来九十九春秋，小老头成老老头。
腿足全衰难似鹤，耕耘不断爱为牛。
门多求字偿难遍，客至投诗急欲酬。
侨寓春申七十载，梦中时作故乡游。

| 杨逸明点评 |

“迎来九十九春秋，小老头成老老头。”全是说话拉家常，却不失书卷气。口语、俗语和大白话入诗，浑不费力，能“雅不避俗，俗不伤雅”。“门多求字偿难遍，客至投诗急欲酬。”叙述和回忆日常生活，淡淡写来，却情景毕现。百岁老人，生活在当代，用旧体写当代诗，说当代话，饶有情趣和诗味。不妨也用典，也用旧词语，但思想感情还是当代的。不像有些小青年写起诗来，从语言到思想感情，倒像是活回到一百多年前去了。

周啸天

将进茶

世事总无常，吾人须识趣。
空持烦与恼，不如吃茶去。
世人对酒如对仇，莫能席间得自由。
不信能诗不能酒，予怀耿耿骨在喉。
我亦请君侧耳听，愿为诸公一放讴：
诗有别材非关酒，酒有别趣非关愁。
灵均独醒能行吟，醉翁意在与民游。
茶亦醉人不乱性，体己同上九天楼。
宁红婺绿紫砂壶，龙井雀舌绿玉斗。
紫砂壶内天地宽，绿玉斗非君家有。
佳境恰如初吻余，清香定在二开后。
遥想坡仙漫思茶，渴来得句趣味佳。
妙公垂手明似玉，宣得茶道人如花。
如花之人真可喜，刘伶何不怜妻子。

我生自是草木人，古称开门七件事。

诸公休恃无尽藏，珍重青山共绿水。

原注：成都“九天一都”茶楼，作者为题名也。《红楼梦》四一回：妙玉将自己常日吃茶的绿玉斗来斟与宝玉，宝玉笑道：“常言世法平等，他两个就用那样古玩奇珍，我就是个俗器了。”妙玉道：“这是俗器？不是我说狂话，只怕你家里未必找得出这么一个俗器来呢。”“妙公”，宝玉对妙玉的戏称。“青山绿水”，茶名。

| *杨逸明点评* |

当代人喝酒成风，往往一闹起酒来就没完没了劝酒灌酒把人往死里整。这首诗立意甚高，是清醒人士的有见识之作。酗酒之徒特别是嗜酒的写诗人往往以“李白斗酒诗百篇”作借口，殊不知饮中八仙中李白是喝酒最少的一个，他喝一斗酒，人家“汝阳三斗”“焦遂五斗”“左相”还“饮如长鲸吸百川”呢！这首诗中“灵均独醒能行吟，醉翁意在与民游”“遥想坡仙漫思茶，渴来得句趣味佳”，说茶比酒更好，均悟后语也，就很有说服力。有人讥笑此诗的

语言太俗，甚至有人挖苦作者说是“口水诗”“打油诗”。如此流畅的诗句，竟然被人说成是“文理不通，音韵拗口”。语言通俗，并不等同于“口水”和“打油”。“爷娘妻子走相送”“儿别爷娘夫别妻”“不重生男重生女”“今年欢笑复明年”……这些全是用口头语大白话写成，不都是唐诗中的耳熟能详的句子吗?

周燕婷

浣溪沙·接约

尘镜重开理晚妆，两蛾淡淡为谁长？裙衣检点费思量。

几许心期轻错误，一丝情分暗收藏。黄昏渐近渐彷徨。

| 星汉点评 |

此词将少女接到约会信息后的矛盾心理，刻画得惟妙惟肖。词语经过推敲，恰到好处。“尘镜”说明女主人公很长时间不为“悦己者容”了；“晚妆”点出这是“月上柳梢头”的约会；“费思量”，在考虑怎样打扮自己才合乎身份。过片一联似乎在暗示：这样的“接约”已经不止一次了，或未成行，但心中始终为对方保留着一块空地。最妙的是煞拍，两个“渐”字，把少女想去赴约又不敢赴约的心理展现给读者。这一次去了没有，是不是又是“轻错误”，作者没有说，给读者留下了想象的空间。唯如此，更见少女之可爱。

朱 帆

席间遇当年红卫兵

伤痕劫后可曾瘳？又阅人间几度秋。
蚁穴王侯原是梦，牛栏神鬼本非仇。
何妨此夜斟鸡尾，忘却当年砸狗头。
莫笑重逢仍瘦骨，沈腰潘鬓也风流。

| 杨逸明点评 |

经历过那个特殊的年代受到过批斗和羞辱的人，到如今往往不是骂声不绝，就是诉苦不迭，这也可以理解。这首诗的作者竟然能够不计前嫌，还能够以典雅的词语和典故写成绝美的诗句，一要有何等的宽宏大量和人生感悟，二要有何等深厚和娴熟的能够信手拈来妙趣横生的文字功底。颈联流水对中“斟鸡尾”与“砸狗头”，是两个时代的颇具代表性的事物，极有象征意义，对仗又极其工整。实属妙手偶得，妙不可言。古人云：“诗能于易处见工，便觉亲切有味。白香山、陆放翁擅场在此。”此诗得之。

朱继明

过宰牛场

误向人间走一遭，终教引颈对屠刀。
主人囊满扬长去，什么功劳与苦劳！

| *杨逸明点评* |

为牛抱不平，实际上是为自己发牢骚。这牢骚发得慷慨激昂，怨气冲天。牛被人利用了一生，最后还被屠宰，确实教人感慨，联想到人间也有种种不平，往往被人利用后又被人一脚踢开。读此首诗，应有共鸣和同感。

后　记

韩倚云

当代的诗词选本很多，但是大多是诗词作者之间的交流。这本小册子是试图提供一些当代诗词作品给诗词作者圈子外的读者阅读。所以有些小众创作给小众阅读作品，虽然很典雅很精彩但是较为艰深，也就不在本选集入选范围之内。

杨逸明老师曾担任《上海诗词》主编和中华诗词学会网副总编辑多年，接触过大量当代诗词作品，即便如此，毕竟对于恒河沙数的当代诗词作品来说，还是范围有限，难免遗珠之憾。

我们声明，这是选一部分当代诗词作品分享给诗词作者圈子外的读者，希望他们对于当代诗词的作品有所了解，不至于完全隔膜，甚至错误地认为当代已经没有人创作旧体诗词了。

我们再次声明，本书入选诗词不能涵盖当代所有好作品，点评也是一家之言，仅供读者参考。

本选集以杨逸明老师为主进行编选作品并且点评，我和刘鲁宁做辅助的工作。我们已经尽量与入选的诗词作者取得联系，征得他们同意。但是仍有少数作者未能取得联系，希望他们见到本书后能与我们联系，以便寄上样书。如有冒昧，敬请原宥。

本书少量作品采用了田遨、星汉、钟振振、周啸天、熊东遨、刘鲁宁诸位先生的点评；李建新对部分文字进行校对，杨梦依为部分文稿打字；李昊在本选集学习软件开发中，作了程序编写工作，苏齐荣为本选集学习软件开发，做了习题设计工作。在此一并致谢。

2019 年 11 月 18 日于北京航空航天大学

附录：作者简介

安燕梅　70年代生,甘肃省兰州市人,从事财务工作。

鲍淡如（1950-）浙江绍兴人，居上海，供职于上海市人力资源和社会保障局。

曹世清（1926-）安徽人，居上海，原从事公司财务工作。

陈仁德（1950-）重庆市人，原在新闻媒体工作。

陈永安（1946-）辽宁沈阳人。

陈衍亮（1974-）山东省济南市人，小企业主。

陈一凡（1932-2009）上海嘉定人，供职于嘉定教师进修学院。

丁德明（1947-）浙江省宁波市人。原某公司副总经理。

丁汉江（1960-）回族，福建省晋江市人。

丁汉荣（1950-）原供职于牡丹江市文化局。

范东学（1964-）湖南临湘人，务农。

傅璧园（1923-2016）浙江镇海人，原名傅保民。

负离子 不详。

富寿荪（1922–1996）上海市人，供职于上海古籍出版社。

高昌（1967–）河北省辛集市人，居北京，供职于《中国文化报》。

高立元（1941–）山东人，居北京。解放军少将。

葛勇（1972–）重庆人，居岭南。

龚霖（1976–）江苏无锡人，生于上海，从事网络微刊。

古求能（1948–）广东深眉州人，原在广东作家协会工作。

郭庆华（1964–）河北省藁城县人，供职于河北省政府机关。

韩倚云（1977–）河北省保定市人，居北京。北京航空航天大学副教授。

韩林坤（1973–）女，山东省济南市人，央企员工，工程师。

何鹤（1967–）吉林人。居北京。供职于《中华诗词》杂志社。

何永沂（1945–）广东人，中医。

胡焕章（1925–）广东人。

洪君默（1951–）福建省晋江市人，成都某公司董事长。

黄思维（1952–）上海金山人。

黄志军（1966–）四川成都人。

蒋昌典（1943–）湖南涟源人，供职于湖南省涟源市文化馆。

金嗣水（1940–）安徽无为人，退休后居上海。

孔繁宇（1965–），女，黑龙江省大庆市人，供职于大庆油田。

李葆国（1951–）山东人，居北京。供职于中华诗词学会。

李建新（1955–）女，山东人，居上海。

李荣聪（1958–）四川平昌人，居达州。

李树喜（1945–）河北人，居北京，高级记者。

李海霞（1971–）女，山西阳城人，技术员。

李伟亮（1985–）河北遵化人，诗歌网诗词编辑。

李忠利（1944–）上海人，原在部队工作，后双目失明。

廖国华（1945–）湖北荆州人。

林从龙（1928-）湖南人，居郑州。曾供职于河南社科院。

刘鲁宁（1971-）山东人，居上海，法官。

刘庆霖（1959-）吉林人，供职于中华诗词学会。解放军上校。

刘能英（1969-）湖北人，曾供职于《诗刊》。

刘如姬（1977-）女，福建永安人，笔名如果，公务员。

刘征（1926-）北京人，曾供职于人民教育出版社。

楼立剑（1968-）浙江省义乌人，企业管理者。

马力（1958-）女，上海市人，原上海市属某金融机构高管。

马星慧 女，甘肃秦安人，居江苏南京，供职于大学图书馆。

马祖熙（1915-2008）字缉庵，上海人，高级教师。

倪卓雅（1948-）女，上海市人，曾在工业和外贸系统工作。

潘泓（1957-）湖北省红安人，公务员，现供职于《中华诗词》杂志社。

潘朝曦（1949-2015）江苏连云港市人，上海中医药大学教授。

彭璞（1922-）安徽定远人，居上海。曾供职于上海粮食局。

启功（1912–2005）北京市人，北京师范大学副教授。

任豫坤 上海人，已逝，离休干部。

殊同（1976-）原名高松，辽宁抚顺人，居沈阳，供职于政法系统。

陶光顶 安徽无为人。

田遨（1918–2016）原名谢庚会，谢天璥。曾任职于新闻单位。

汪冬霖（1965-）江西九江人，资深媒体人。

王子江（1967-）辽宁省人，原供职于沈阳军区。

王跃东（1957-）河北唐山人。

韦树定（1988-）广西河池人，壮族。现供职于《诗刊》社。

魏新河（1967-）河北省河间市人，空军大校，飞行教官。

吴菲 女，就职于长春市某税务局。

武阳（1949-）天津市人，天津商务局退休公务员。

吴祖刚（1908–2013）上海市人，教师。

奚晓琳 女，吉林省吉林市人。

向闲（1963–）本名卢象贤，江西修水人，公务员。

谢春江（1940–2015）浙江人，居上海，中学教师。

星汉（1947–）山东省东阿县人。新疆师范大学文学院教授。

熊东遨（1949–）湖南人，居广东。湖南文史研究馆馆员。

熊鉴（1923–2018）湖南沅江人，居广州。曾任《当代诗词》编委。

徐长鸿（1954–）辽宁省北镇市人。

杨金亭（1931–）山东人，居北京。曾供职于《诗刊》社。

罗密（1930–1993）女，湖南益阳人。

杨小源（1941–）祖籍山东济南，居沈阳。

杨逸明（1948–）上海人。中国作家协会会员。

叶元章（1922–2019）浙江镇海人。曾任宁波大学教授。

一介愚夫，原名不详，湖南省娄底市人。

伊淑桦，女，湖北蕲春人。

曾少立（1964–）湖南人。自由写作者。

詹骁勇（1973–）湖北省红安县人。华中科技大学副教授。

张桂兴（1944–）河北省隆尧县人。曾任北京市民政局副局长。

张青云（1973–）重庆市云阳县人，迁居上海市，任职金山区图书馆。

张榕（1929–2014）号榕庐，四川合江县人，曾执教于重庆师范学院。

张立挺（1948–）浙江省嵊州市人。曾任某农场负责人。

张志坚（1980–）广东省汕头市人。客居上海。

张智深（1956–）黑龙江省阿城人。曾供职于黑龙江省画院。

张宗廉（1945–）上海人。

赵京战（1947–）河北安平县人。空军大校。

赵一新（1944–）浙江嘉兴人。

甄秀荣（1957–）女，山东省齐河县人。

钟振振（1950- ）江苏省南京市人。南京师范大学教授、博士生导师。

周退密（1914- ）浙江省宁波人。长期在上海外国语学院等学校从事外语教学。

周啸天（1948- ）四川省渠县人。四川大学文学与新闻学院教授。

周燕婷(1962-)女，广东省广州市人。中学物理教师。

朱帆(1928-2017)湖南湘乡人。广东教育学院教授。

朱继明（1932 — 2017）安徽望江县人。